徳間文庫

有栖川有栖選 必読！ Selection 3

突然の明日

笹沢左保

徳間書店

C O N T E N T S

SUDDEN TOMORROW

1963

Design：坂野公一（welle design）

Introduction

有栖川有栖

明日に望みを託《たく》す。

明日は明日の風が吹く。

物語や歌の中で、明日は希望とともに語られがちだが、やってくるのが常によき日とは限らず、とんでもない不幸が待ちかまえているかもしれない
……と書くだけでも、あまり気分のよいものではない。

明日が不確かであることを承知しているからこそ、私たちは半ば欺瞞《ぎまん》であると知りつつ、もっぱら明日がよき日である可能性に目を向けようとするのだろう。

それでも、よくない明日はやってくる。いつも突然に。

伊豆で実際にあった溺死事故に材を取った三島由紀夫の短編『真夏の死』では、そんな時に私たちが受ける衝撃と当惑がこのように表現されている。

〈われわれはかういふとき、ふだん疎遠にしてゐた不幸の、仕返しをうけるのである。幸福とは日頃あれほど身を入れた附合をしてゐるのに、こんな時には何の役にも立たない。われわれは久々に会ふ不幸の顔をいつも御見外《おみそ》れする。〉

『突然の明日』は、何の予告もなく明日が連れてきた不幸をめぐる物語だ。そして、事件が起きてしまった原因が潜む昨日を探るミステリでもある。

初出は「週刊朝日」で、一九六三年の三月から九月まで連載された。単行本は同年十一月に朝日新聞社から。

実直な銀行員の父親、専業主婦の母親、二人の息子と二人の娘。平和に暮らしていた小山田家（家族構成がいかにも昭和三十年代）を悲劇が見舞う。

保健所の食品衛生監視員である長男・晴光の帰宅が遅いことを次女・涼子が案じていたら、夜中に刑事が訪ねてくる。マンションから飛び降り自殺をした人物が晴光のようなので、確認をしてもらいたい、と。涼子が父・義久とともに警察署に赴《おもむ》くと、遺体は兄その人だった。

あろうことか、晴光は死の前に同じマンション内で殺人を犯していたのでは、と警察は疑う。彼と被害者の関係から犯行の動機が推測されたが、涼子には兄がそんなことをするとは信じられない。

気になることを思い出す。事件の直前に兄は「今日、不思議なことを体験したよ」と話していた。

「銀座四丁目の交差点で、人が消えてしまったんだ」

よく知る女を見つけ、「声をかけながら彼女を追いかけた」が、「交差点の途中で見えなくなってしまった」と言う。

兄の潔白を信じる涼子は、人間消失の謎が真相につながっていると考え、兄の友人・瀬田の助けを借りながら、九州にまで足を延ばして調査を始めた。家族が崩壊の危機に瀕する中、職を辞した義久も別の角度から事件を追う。

暗がりで犯人らしき怪しい人影を袋小路に追いつめたと思ったら、忽然《こつぜん》と消えてしまった――というトリックには前例があるが、白昼に銀座四丁目の交差点〈時計台で有名な和光本館がランドマーク〉で人間が消える、という謎は意表を突く。

しかも、その女は晴光がたまたま目撃しただけで、「犯人らしき怪しい人影」として追跡されていたわけではない。消えた方法も理由も判らない。その白昼夢のごとき出来事は事件にどうつながっているのか？

この発端から、作者はどんどん遠くに読者をひっぱって行く。父娘の捜査が進むほどに容疑者を守る強固なアリバイなど新たな謎が現われ、行く手を阻《はば》む。さらにその先に待っていた真相を知った時、読者の前にせり上がってくるのは、もう一つの戦慄すべき〈突然の明日〉である。

解決編を読みながら、こんなところまで作者に連れてこられたのか、物語のあんなところに手掛かりは隠されていたのか、と感嘆していただきたい。

1963年　初刊　朝日新聞社

突然の明日

SUDDEN TOMORROW

第一章　幻

ある夜

　家族六人がそろって顔を合せるのは、夜の食卓を囲む時である。これは、この家庭が至極円満で、生活も安定している証拠だ。家族全員が一日中顔をそろえているのも、また滅《めっ》多《た》に親兄弟が互いの顔を見たことがないというのも、その家庭のどこかに変則的なものがあるからだろう。

　夜の食卓を囲む時だけに家族たちが一人残らず集るというのは、楽しいものである。離合集散があってこそ、家族同士の和が保てると言っていい。それぞれが、今日一日の出来事をさりげなく話題に供する。家族たちは箸《はし》を使い口を動かしながら、その話題について思い思いの意見を述べる。冷やかしであったり、批判であったり、驚きであったり、笑いであったりする。何の統制もない饒舌《じょうぜつ》のようであるが、これが実は一家団欒《だんらん》というものなのである。

このような一家団欒は、家族めいめいが自分の確固とした生活の場を持っている家庭でなければ味わえない。家族各人が順調に生きている――つまり、幸福な家庭なのである。その半面、単調で平凡な毎日を送り迎えしている人々とも言えよう。しかし、単調で平凡な昨日、今日、明日《あした》であることに満足している彼らでもあるのだ。

そうした意味で、小山田家は典型的な安定した家庭であった。両親に息子二人、娘二人という家族の人数も理想的だった。小山田義久、雅子夫婦にしてみれば、結婚来三十年近くかかって一応家庭造りに成功し、ほっと落着いた時の心境である。

夫婦はよく、長男と次男、長女と次女の名前をとり違えて呼ぶ。長男の職業の難《むず》かしさに感嘆の声をもらし、長女の女らしい美しさに改めて驚いたりする。あの子が生れたのは大雪が降った晩だったとか、この子が小学校へ入ったころは毎晩のように空襲があってねとか、そんな回想を楽しむ。人間が真の幸福を知る時期に、この夫婦は到達しているのである。

小山田義久は勤続二十五年で、協信銀行東京本店の厚生課長になった。五十一歳で本店の課長だから、決して早い出世ではないが遅い方でもなかった。生活もそれに伴って、豊かすぎはしないが苦しくもない。最近では、長男と長女が給料の半分を母親に渡すから、幾らかの余裕はあった。

義久は夕方六時には、帰宅する。会議や宴会がない限り、五時に執務時間が終る。大手町にある協信銀行本店から世田谷下北沢の自宅まで約一時間、六時には大分ノブがゆるんで来た玄関のドアをあけることが出来た。

家では妻の雅子と次女の涼子が、身体をぶつけ合うようにして夕食の支度を急いでいる。涼子は来年の一月に成人式を迎える。洋裁学校へ通っていたが、現在はもっぱら家事手伝いというところである。

義久とほんの五分と違わずに、玄関で大声を上げるのは次男の忠志だった。忠志は大学へ行っている。サッカー部員で、その練習のために帰宅時間が六時すぎになる。もっとも涼子に言わせると、サッカーの練習もたまには口実に使われて、忠志が若い女と連れ立って歩いているのを目撃したことがあるそうだ。

忠志の次が長女の悦子だった。テレビ会社の経理部に勤めている。生来が無口な悦子だったが、最近とみに口数が少なくなった。三月後に結婚が迫っている。一日一日と、この家の生活に訣別《けつべつ》を告げる時が近づいて来るのに、感無量なものがあるのだろう。

七時前に、長男の晴光が帰宅する。晴光がいちばん遅いのは、保健所の食品衛生監視員という彼の職業柄、当然のことだった。保健所の食品衛生監視員は多忙である。都内五十七保健所の衛生課にそれぞれこの食品衛生監視員がいるが、原則として所轄区域を一人で巡回するのだから容易ではない。二十八と言えば、食品衛生監視員としては若い方だが、それでも帰宅して来てからの晴光には疲労の色がうかがえた。

晴光が手を洗い終るのを待っていたように、

「ご飯よお！」

と、涼子が声を張上げる。

台所続きの六畳の茶の間に、義久はすでにすわり込んでいて、丹念に夕刊を読みながら二本目の銚子《ちょうし》に手をつけている。こんな義久に誰も、ただいまとかお帰んなさいとか挨拶《あいさつ》はしない。茶の間に入って来たことだけで、挨拶はもうすんでいるのだ。

それぞれが長い間の習慣で決っている位置に、座を占める。ご飯、吸いもの、鍋《なべ》などの湯気がいっせいに立ちのぼって、食卓を囲んだ家族たちの顔が一瞬見えなくなる。

義久が無言のまま晴光の前に盃《さかずき》を置き、酒を注ぐ。晴光も黙って、盃を口へ運ぶ。たて続けに二、三杯、晴光に酒をすすめると、銚子が空になる。これで、義久のささやかな晩酌は終りである。

「頂きます」

と、湯気の中から呼応するように声が聞える。ここで、小山田家の小さな晩餐《ばんさん》が始る。七時を少々回ったころである。

昨夜もこの通りだった。明日の晩もこうであるのに違いない。そして——二月十五日の夜も、そうだったのである。

「会社に退職届をいつ出すんだ?」

スキ焼の鍋をつっ突きながら、義久が長女にきいた。悦子は父親の顔をチラッと見返してから、唇《くちびる》を重そうに動かした。

「まだ三月もあるんですもの」

「何も結婚間際まで勤めていなくたって、いいんだぞ」

義久は、箸《はし》でつまんだ肉片を悦子の茶碗のなかへ投込んだ。

「そうねえ。早目に会社を辞《や》めて、家にいたらどう? その方が悦ちゃんだって、落着くんじゃない」

と、雅子が夫の意見に同調する。

「うん……」

悦子は曖昧《あいまい》なうなずき方をした。結婚直前まで勤めている必要は、確かになかった。悦子にしても、会社を辞めたくないという理由はないはずだった。それでいて、悦子はにえきらない態度をとっている。これが、悦子の性格というものだった。

涼子は、そういう姉を見ているといらだって来る。だいたい見合結婚などというものが、涼子には気に入らない。ただ一度、相手と会っただけで結婚を承諾した姉が、ひどく安っぽく思えて来るのだ。もともと、はっきりと意思表示をしない悦子だったが、一生を託す男性を選ぶのに一度きりの見合いで——と、涼子はそんな姉の気がしれなかった。

そして今、会社を辞めた方がいいという親の意見にも、悦子は中途半端な気持でいるらしい。涼子は歯がゆさに、バリバリと音を立てて新香をかんだ。

「先方は、お前が勤めていることにあまり好感を抱いてない。格式を重んずる家庭だし、踊りの家元の親戚なんてものに、勤労者に対する理解はないんだろう」

「悦ちゃんだって、身の回りの整理だとか何とか、家でやらなければならないことがたくさんあるんでしょう」

それぞれ口を動かしながら、両親が交互にすすめている。だが、悦子は相変らず目を伏せたきり無言だった。

涼子は不愉快になって来た。食べ物の味が分らなくなる。話題を変えなくては、と涼子は思った。

「でもお姉さん。このごろ全然きれいになったわね。何となく、色っぽい感じ……」

涼子は頓狂《とんきょう》に声の調子を変えて、真向いの悦子に言った。

「当然の現象さ」

悦子は反応を示さなかったが、忠志が代りにそう答えた。

「でも、たいした異変よ。もともとお美しいんでしょうけどね。下手な女優なんて、お姉さんには追っつかないわ。この間なんか、下北沢駅でお姉さんに声をかけられて、わたしびっくりしちゃった。お姉さんは確か二十六だったはずだけどって、首をひねったわ。姉を見間違えるなんて、まるで嘘《うそ》みたいだけど……」

涼子は、家族の誰もが口をはさめないほど息もつかずにしゃべり通した。気がつくと、涼子の膝の上に魚の煮凝《にこごり》がシミをつけていた。

「見間違えと言えばね、今日、不思議なことを体験したよ」

晴光が家族たちの顔を見回すようにして口を開いた。

「また兄貴の、今日の体験談、が始った。特殊な職業を持つ人間って、体験談を自慢話にするんだからね」

と、忠志がスキ焼の汁をご飯にかけながら、首をすくめた。

「いや、職業には関係ない話なんだ」

晴光は生真面目な顔つきである。

「奇跡でも起ったというのかい？」

忠志は汁かけ飯を口の中へ流し込んで、ちゃかすように目で笑った。

「うん。まあ、奇跡に近いな」

「気をもたせないで、まず話すことだよ」

「銀座四丁目の交差点で、人が消えてしまったんだ」

「え……？」

「白昼の銀座で人が消えた……。奇跡に近いだろう」

「兄貴、それ真面目な話なのかい？」

「真面目な話だよ。ぼく自身が今日、体験したことなんだから……」

「人間が、お兄さんの目の前で、パッと消えてしまったの？」

と、涼子が話に割込んだ。晴光は真剣な面持ちである。冗談を言っているのではなさそうだった。もし晴光の言うことが事実だとしたら、興味深い。

「そんな消え方じゃないよ。みんな覚えていないかな、久米緋紗江《くめひさえ》っていう女性……」

晴光は、機械的に急須《きゅうす》の茶を自分の茶碗に注いだ。

「久米緋紗江さんて、家にも三、四回遊びに見えたことがある、新橋保健所に勤めていた人じゃない？」

雅子が答えた。

「そうか、あの兄貴に失恋して保健所を辞めた人だな」

忠志がそう言うと、食卓の周囲で幾つかの顔が分ったというふうにうなずいた。

「馬鹿言え。彼女は家庭の事情で保健所を辞めたんだ。まあ、そんなことはどうでもいいんだけど、今日の午後、その久米緋紗江を銀座四丁目の交差点で見かけたんだ。二年ぶりでね」

ふと、晴光は表情を堅くした。

「その久米緋紗江という人が、消えてしまったわけかい?」

と、忠志もようやく話に乗って来たふうだった。

「そうなんだ。ぼくは懐かしくもあったし、声をかけながら彼女を追いかけたんだ。ところが彼女は、交差点の途中で見えなくなってしまった……」

晴光の言う奇妙な現象とは、こうであった。この日、晴光は正午すぎに新橋保健所を出た。食品衛生監視員の仕事は、管轄内の飲食店の衛生管理状況を監視して歩くことが主であるが、このほかにも食中毒の調査、業者の衛生教育、夜間の一斉取締りなど不定期の任務を持っている。

午前中は、監視日報や許認可復命書、それに調査の報告書など、前日の仕事の成果を書類にまとめることで、いっぱいである。午後から、巡回監視という外回りの仕事に移るのが通例だった。

この日の調査復命書を作成するのに、晴光は意外に手間どった。それは前日に、管轄内の銀座七丁目にある『清六』という小料理屋で、食中毒事件が発生したためだった。この小料理屋で食事をした四人の客が数時間後に下痢腹痛の症状を訴えて来ているという医師からの連絡によって、晴光は『清六』へ急行した。

複合調理食品による軽い食中毒で、騒ぎは大きくならなかったが『清六』の調理場を調べてみると、衛生管理がまったく無視されていることが分った。食品の鮮度、洗滌《せんじょう》設備、給水と汚物処理、加熱冷却貯蔵の管理など、食品衛生法を守っている点が一つも見られなかった。

特に晴光が眉をひそめ、店主を叱責《しっせき》したのは、冷蔵庫の裏側に鼠《ねずみ》が五、六匹、毒物を食べて死んだまま放置されてあったことである。強烈なアンモニアの臭気に息を詰めながら、若いだけに晴光はひどい衝撃を受けた。こんな状態で、よくも今日まで多くの食中毒患者を出さずにすんだものだと、晴光は慄然《りつぜん》となった。

こうしたことで『清六』を営業停止処分にする経緯を書類にするため、今日の午前中いっぱいを費やしてしまったのである。

晴光は新橋保健所を出て、京橋方向へ歩いた。二月半ばだというのに、春のような日射しが銀座を陽気な街にしていた。路面にビルの影も落ちていなかった。太陽が真上にあるのだ。

そんな気候のせいか、ウイークデーにしては人出が多かった。女の洋服の色彩が華《はな》やかである。オーバーが重たそうだった。人々はただ歩いているだけらしかった。ショーウインドーの前で足をとめる者もなく、どの商店も店の奥が暗く見えた。

晴光は銀座四丁目の交差点を渡った。東京一、人の流れの激しい交差点である。特に今日は、土曜日の午後のように交差点が混雑していた。

実用的デパートとビヤホール、高級アクセサリーの類を陳列している店、それに婦人物専門の洋品店が、この交差点を囲んでいる。ことに最近九階建のガラス張り円筒形のビルに改築した婦人物専門の店が、陽光を浴びて壮観だった。

晴光は交差点を渡りきってから、振返ってガラス張りの円筒形ビルを眺めた。二階から三階四階と、人の脚だけが並んでいるように見えた。

赤に変った信号が、再び青になった。向う側から人の流れが車道へ押出されて来る。こちらからも、それを迎えうつように人の波が伸びて行く。車道の真中で、両者は交流するのである。

この時、晴光はおやっと目を細めた。彼の傍《かたわ》らをすり抜けるようにして、車道へ出て行った若い女の横顔と後ろ姿に見覚えがあったのだ。

誰——と判断がつく前に、晴光はその女のあとを追っていた。横断者たちの主流は、すでに車道の中央を越えていた。晴光はこちらへ向って来る人々に逆《さか》らって進まなければならなかった。

女は、かなり足早に歩いていた。黒いオーバーの肩のあたりに、長い髪の毛が散っている。右手にバッグと小型のスーツ・ケースをさげていた。

二年ほど前に新橋保健所を退職した久米緋紗江だ——と気がついた時、晴光は女に三、四メートルほどの距離まで追いついていた。斜め背後から見た女の顔は、新橋保健所予防課にいた久米緋紗江のそれに間違いなかった。

「久米さん、久米さんでしょう」

と、晴光は声をかけた。

しかし、女は振向かなかった。もっとも自動車の警笛など騒音のひどいところだから、肩でもたたかなければ相手は気がつかないかも知れなかった。

もう少し近くまで行かなければ——と、思いなおしたとたん、晴光はそこに当然あるべき目標を見失って狼狽《ろうばい》した。久米緋紗江の姿が、視界に見当らなかったのである。

晴光は一瞬、呆然《ぼうぜん》となった。目を放さなかった対象物が、そのまま消えてなくなるなどということがあり得るだろうか。

それでも彼は、念のために交差点を渡りきって左右に視線を転じてみた。数寄屋橋方面、新橋方向、ともに雑踏はあっても久米緋紗江の後ろ姿は見えなかった。晴光はさらに、地下鉄へ通ずる階段までのぞき込んでみた。だが、結果はやはり同じであった。久米緋紗江は完全に消えてしまったのである。晴光の眼前で——。

「白昼夢というやつだね」

晴光が口をつぐむと、一つ溜息《ためいき》をついてから忠志が言った。

「面白いわ」

肩をつぼめて、涼子がいたずらっぽく上目使いに笑った。

「ロケットの時代に、そんな非科学的な話があるものか」

と、忠志はすわりなおした。少年の面影が抜けきらない彼の顔が、微《かす》かに紅潮する。

「非科学的かどうかはとにかく、この話は事実なんだ」

晴光の冷静な表情は動かなかった。

「確かに、久米緋紗江という女の人だったのかな」

「間違いない」

「でも、名前を呼ばれても振返らなかったんだろう？」

「聞えなかったんだ。仮に人違いだったとしても、この奇跡には関係ないことだ。その女が、ぼくの目の前で姿を消してしまったことには変りないんだから」

「兄貴は絶対に、その女性から目を放さなかった？」

「人を追いかけているのに、脇見《わきみ》するやつがあるか」

「うん、兄貴は競馬の馬だから、よそ見なんてしなかっただろうと思うけど……」

「競馬の馬？」

「つまり、一つのことに熱中すると、ほかのことは全然目に入らないという意味さ。……その女性は渡って来た交差点を逆に引っ返して行った、とは考えられないかな」

「引っ返そうとすれば、ぼくにぶつかっただろう」

「車道へそれてしまうということは？」

「交通係の警官が、いちばんうるさい交差点だぞ」

「いかなる想定も成立たないというわけか……」

一座が静かになった。何となく口にする言葉がなくなった時の沈黙だった。茶をすする音だけが聞えていた。誰もが、晴光の話に適当な相槌《あいづち》を打てないのだ。昨夜のように、晴光が『清六』の調理場で発見した鼠の死骸《しがい》のことを話題にした時は、食欲がなくなるという非難が集中する。話が、あまりにも現実的すぎるからだ。

しかし、今夜のように白昼の銀座四丁目の交差点で人が消えてしまったという話になると、非難もない代りに家族たちの関心も薄いわけである。

目を放さなかった人間が突如として消えてしまったなどということは、到底あり得ない。だからと言って、頭から否定してしまうわけにも行かない。相手は、家族の一員なのである。晴光が嘘つきでもなし、精神異常者でもないことは、家族たちが最もよく知っているのだ。

晴光は本気である。だが、彼の話を肯定することは出来ない。真面目に話を聞いてやらなければ、晴光に悪いような気がする。厄介だというわけで、家族たちは黙ってしまうのである。

「晴光は疲れているんじゃないか、神経の消耗がはなはだしいと、よくそうした妙な錯覚をするものだよ」

しばらくたってから、義久がそう言った。これが、家族たちの結論だった。結論が出た——と、それぞれの安堵《あんど》感が茶の間の空気を柔らげたようであった。

「うん。そうかも知れない……」

晴光は自分を気の毒そうに見守っている母親の顔に、うなずいて見せた。彼自身、父親の結論に救われたのだった。人には話して聞かせながらも、果してこんなことがあり得るだろうかと晴光は迷っていたのだ。錯覚だと言われて、そういうことで自分を納得させたのである。

それに、このような晴光の体験談は、一家団欒を賑《にぎ》わすこの場限りの話であって、小山田家の日常や家族たちの生活には何の関わり合いもないのだ。深刻な相談や家族会議とは違って、聞流せばそれですむ。食後の時間がすぎれば、それっきり忘れてしまうことだった。

悦子と涼子は母親を手伝って台所へ立つ。義久は煙草と灰皿を持って、テレビの前に坐る。晴光は一風呂浴びに浴室へ入り、忠志は二階へ上がって行く。

昨日も今日もこうだった。長い間、繰返されて来た平穏無事な毎日である。明日《あした》もまた、この通りに決っている。朝に始り夜に終る一日を、今日も大過なく過ごせたのである。明日はこういう具合には行かないだろうと予想する人間が、いるはずはなかった。

しかし、同時に、明日という日があることを制御《せいぎょ》出来る人間はいないのである。どんな明日が来るかは分らない。だが、明日は必ず来る——。

崩　れ

朝の茶の間にいちばん長くすわっているのは雅子と涼子である。家を出て行く家族たちが起きて来る時間は、マチマチだった。入りかわり立ちかわり茶の間へ入って来る者の食事の世話をしてやるのが、雅子と涼子の役目なのであった。

「いっせいに起きて来て食事をすればいいのよ。これじゃあまるで、お母さんとわたし、食堂のウエートレスじゃないの」

一週間に一度ぐらい、涼子は不平を口にする。味噌《みそ》汁の鍋《なべ》を幾度もガス台へ運んでいるうちに、腹立たしくなって来るのだ。

「勤めのある人は、ギリギリ間に合う時間まで寝かせておいてあげなきゃあ可哀想じゃないの」

と、こうした習慣になれきってしまっている雅子の方は、すっかり達観している。

朝の茶の間は、食事をするところであると同時に、家族たちの連絡場所にもなる。

「退職のこと、今日、課長さんに相談してみるわ。お父さんにも、そういっておいてね。じゃあ、行って来ます」

まず、悦子がそういい置いて出かけて行った。

「空気が乾燥しているしな、五日前のあの九州宮崎県瑞穂《みずほ》市の大火という例もあるから、火の元を充分注意してくれよ」

今朝《けさ》の義久の出がけの言葉は、こうであった。

晴光は八時すぎに、寝巻姿で茶の間にのっそりと現われた。スネから下はまる出しの短い寝巻一枚で、寒そうに胸をかかえ込んでいる。

「お兄さん、遅刻よ」

涼子がピシリという。

「ちょっと頭が痛くて……休もうと思ったんだが、やっぱり出勤することにした」

晴光は食卓の前にすわると、乱れた髪の毛の中へ指を差込んでゴシゴシやった。

「ご飯、食べるの？」

「ああ……」

「じゃあ、早く顔を洗ってらっしゃいよ」

「いいんだ」

「歯もみがかないの？」

「うん」

「まあ、不潔ね」

「遅刻しそうな時はやむを得ないさ」

「お役所は八時半出勤。どうせもう間に合わないじゃないの」

「まあ、そういうな。それより涼子、お前に頼みがあるんだ」

不精たらしく、袖《そで》の中で腕を縮めて晴光は味噌汁の椀《わん》を受取った。

「どうせ、いやな用事なんでしょ」

涼子は、花模様のエプロンで両手を包んだ。

「病院へ行ってもらいたいんだよ」

「病院？」

「赤羽橋の済生会病院だ。瀬田さんが火傷《やけど》して入院している。ぼくは昨日見舞に行って来たんだが、大したことはなさそうだ。それで昨日、瀬田さんカステラを食べたいっていうんで、明日買って来るって約束したんだが……どうも今日はそんな暇が出来そうもない。代りにお前にカステラを持って行ってもらおうと思って……」

「瀬田さん、火傷したの？」

「うん。アパートで塗料を使っている時に、ガス・ストーブの火が引火したという話だ。左腕だけの火傷だけど……」

「いいわ、行って上げる。カステラを買うお金、置いてってちょうだい」

瀬田大二郎を見舞うという用事なら、涼子も快く引受ける気になれた。瀬田にも会ってみたかったし、それに久しぶりの外出は楽しかった。

瀬田大二郎は晴光と同じ大学の二年先輩である。涼子が小学生のころ、一時瀬田を二階に下宿させてやったこともあった。その後、年に二、三度は晴光をたずねて来ている。クジャク石鹼《せっけん》の研究所員だった。

涼子が瀬田大二郎に異性を意識し始めたのは、高校を卒業するころからだった。愛情というほど具体的なものではなかったが、男らしくて頼もしいといった一種の憧憬《どうけい》に似た好意を、瀬田に対して抱いたのである。そして今も、涼子のその気持には変りがない。会いに行こうという積極性はなかったが、瀬田と一緒にいる時間には確かに充実感があった。

最後に忠志が家を出て行くと、雅子と涼子はようやく朝のお勤めから解放される。

「お客一人にお給仕が二人。サービス過剰の小山田食堂も、これで閉店」

そういってから、涼子は勢いよく立上がった。

いつもならば、これから母親と退屈な話のやりとりをしながら編物の機械でも動かすところだが、今日はりっぱな外出の口実を与えられている。そう思うと、涼子の気持ははずんだ。

涼子は時間をかけて、髪の形を整え、化粧をした。セーターにフレア・スカートにエプロンというユニホームをぬいで、スカーレットのブラウス、黒のタイト・スカートとカーディガンに着替えた。涼子は姿見の前で、身体をくねらせた。タイト・スカートをはくと、思ったより腰に厚味があった。胸のふくらみも、決して見劣りしない。新鮮で成熟した肢《し》体《たい》ではないか――と、涼子は自分の身体を吟味《ぎんみ》して、満足した。

涼子は藤色のオーバーとバッグをかかえて玄関へ出た。

「まだお見舞に行くには、早い時間じゃないの」

雅子が廊下の奥から声をかけて来た。

「先に銀座へ出て買物するから、ちょうどいいのよ」

と、涼子は背中で答えてヒールをはいた。靴も同じ藤色だった。

門を出たところで、涼子は深呼吸をした。久しぶりで嗅《か》ぐ、戸外のにおいだった。洋裁学校へ通っていたころが懐かしかった。家の中にいて感じとるのと、戸外へ出て直接浴びるのとでは、日ざしの柔らかみ、鮮明さがまるで違った。下北沢駅前の商店街に、総菜を買いに行く時とはまた気分が違うのも不思議だった。

住宅街を貫いている坂道を下ると、左手に井の頭線のガードが見える。さらに歩いて、小田急線の踏切を渡り、駅前商店街を突っ切ると下北沢駅である。

涼子は渋谷まで切符を買った。切符を買うと、どこか遠くまで旅行に出かけるような気がした。

井の頭線のホームはすいていた。ラッシュアワーが一段落して、にわかに乗客の数が減ってしまう時間であった。電車が止ると、ドアの位置は涼子が立っていた場所からかなり離れていた。電車に乗る場合のカンも狂ってしまった――と、久しく外出していなかったことを涼子は改めて思った。

渋谷から地下鉄で銀座へ出て、あちこちと店をのぞきながら歩き、最後にカステラを買った。四丁目の交差点を渡った時、涼子は昨夜の晴光の話を思い出した。こうして現場を歩いてみると、なおさら晴光の話の現実性は薄れた。どうしても気になるのだったら、久米緋紗江に会って銀座四丁目の交差点で姿を消した方法を聞いてみれば簡単ではないか、と涼子は思った。

銀座から芝赤羽橋の済生会病院までは、タクシーで行くことにした。時間は十五分とかからなかった。済生会病院の褐色《かっしょく》の建物を目の前にした時、瀬田大二郎と会うのは半年ぶりぐらいだ、と涼子の胸に小さな感慨がわいた。

病院の受付で瀬田大二郎の病室をきくと、外科病棟《びょうとう》の六号室だと女事務員が教えてくれた。診察室や治療室のある建物の中を通り抜けて、渡り廊下を渡ると団地アパートのような病棟が幾棟《いくむね》も並んでいるのが見えた。急ぎ足で行きかう医師や看護婦の姿が目立って多くなった。

外科病棟はいちばん手前の建物で、入口から十メートルほど行ったところの右側が六号室だった。六号室は個室らしく、ドアのわきにある名札は『瀬田大二郎』一枚だけであった。

瀬田はベッドの上にすわっていた。病室へ入って来た涼子を見ると、瀬田はひどく驚いた顔をした。

「どういうわけです、これは……」

と、瀬田は大きな声を出した。

「しばらくでした。兄の代りに、カステラを持って来たんです」

見舞に来たのだとわかりそうなものなのに、どういうわけですとは変った挨拶だ——涼子は、思わず吹出しそうになった。昔から瀬田は、妙な受け答えをする癖があった。瀬田があまり変っていないのに、涼子は理由もなく安心した。

「兄さんの代りにというと、彼は今日来られないんですか?」

瀬田は落胆したように、伏目になった。

「ええ。お勤めの関係で……」

涼子は、瀬田があまり歓迎してくれないようすに気持の張りを失った。瀬田は目の前に置かれたカステラの箱を、見ようともしなかった。

「火傷なさったって、そこですか？」

気をとりなおして、涼子は三角布でつっている瀬田の左腕を指さした。

「ええ。うちの社では、石鹼のほかに染料と塗料を製造しているんです。五日ばかり前、新製品の塗料をアパートへ持って帰って、あれやこれや試しているうちに、ガス・ストーブの火が引火しましてね」

「研究熱心があだとなったんですのね」

「セーターの左そでが燃えただけなんで、大したことはないだろうと、バターを左腕に塗りたくってそのままにしておいたんです。そうしたら、翌日から痛み出して……」

「それで、経過は？」

「入院するほどのことはなかったんですよ。ただ腹が痛かったんで、疲労回復をかねて、ついでに入院しようということになったんです。でも、虫垂炎《ちゅうすいえん》の兆候もないし、今日か明日のうちに退院するつもりでいました」

「あぶないわ。火事にでもなったら大変でしょう。この間の瑞穂市の大火みたいなこともあるし……」

涼子は今朝、父が火の元に気をつけろといい置いて出勤して行ったことを思い出した。

異常乾燥がしつっこく叫ばれている時期に、瑞穂市の大火があったのだから、だれもが火に対して神経質になっているのだろう。

九州宮崎県の瑞穂市の大火はすさまじかったらしい。人口九万の市の約八割が、わずか五時間たらずのうちに灰燼《かいじん》に帰してしまったのだから、その火勢の激しさがどのようなものであったかおよその察しはつく。被災者の数が約六万。死者は消防署員を含めて二十八人。行方不明と負傷者が合計百数十人というから、近来にない火災による惨事となったわけである。

「しかし、小山田君には会いたかったな」

と、瀬田はまだ晴光の来ないことを残念がっている。

「でも、兄とは昨日もお会いになったんでしょうし、ちょいちょい連絡もとれてるんでしょう?」

いささかムッとなって、涼子はそう言った。

「しかし、彼となら毎日でも会っていたいんですよ」

瀬田は手許《てもと》に視線を落した。暗い横顔である。この瀬田の陰気な翳《かげ》に強くひかれたものだったと、涼子は高校卒業間際のころの自分を思った。整った顔立ちに情熱的な眼差《まなざ》しをしていて、どことなく孤独感を漂わせている瀬田に、涼子は深味のある男性を感じたのだった。

「もっとも、小山田君の仕事は大変だから……」

瀬田は自分を納得させるように、細かくうなずいた。

「そうかしら？　いつも一緒にいるせいか、特に兄の仕事が大変だというふうには感じませんわ」

そう言いながら涼子は、瀬田のような男がなぜ三十にもなってまだ独身でいるのだろうかと、まったく別のことを念頭に置いていた。

「兄さんの仕事に理解がなくては困りますね」

瀬田は苦笑した。

「どういうふうに大変なんでしょうか？」

「あなたから逆に質問されるなんて、変ですね」

「でも、兄はその日の出来事についてはしゃべりますけど、自分の職業に関しては、詳しく説明なんてしてくれませんもの」

「小山田君が持っている手帳を見たことがありますか？」

「手帳って……？」

「食品衛生監視員手帳ですよ。警察官の手帳みたいなもので、身分証明書や本人の写真などがはってあるやつです」

「見たことありませんわ」

「しようがない妹さんだ。もしこの手帳を紛失したりすると、全国に手配されるんですよ。どうです。これだけでも小山田君の仕事がいかに大変かが分るでしょう。そんなに重要な手帳を持っている職業には、それ相応の責任がついて回りますからね」

「初めて知りましたわ」

「立入権や検査権といった一種の強制権利を与えられているんですからね。違法業者を調べるのは、大変なんだそうですよ。業者にすれば、違法を摘発されれば死活問題です。今はもうそんなことは少ないでしょうが、以前は悪質な業者に包丁《ほうちょう》やアイクチで衛生監視員が脅迫されて、冷蔵庫に押しこめられたりした例が相当数あったそうですよ」

　瀬田は笑いながら話している。しかし、涼子の胸のうちはこわばっていた。事実、晴光がそのような責任ある仕事についているということを初めて知ったのだ。それだけに、涼子の根拠のない不安は大きかったのである。兄は、単なる公務員だとばかり思い込んでいた。サラリーマンらしく、朝に出勤して夕べに家に帰って来る。きのうまでがそうだったし、明日からもずっとその通りだと決めてしまっていた。

　しかし、家にいない時の晴光は瀬田の説明にあったように、多くの人々の生活が錯綜《さくそう》する地表の裏面を見て歩いているのだ。危険性が伴う仕事といってもいいだろう。登りきった山の上から谷間をのぞいて、初めて恐怖に襲われるように、涼子は今日まで晴光の身に何事も起らなかったことを、かえって不気味に感じた。

これは、涼子をとらえた一種の予感だったのかも知れない。この日、小山田家の一家団欒には晴光だけが加わらなかった。晴光は夜十二時をすぎても帰宅しなかった。

突発

晴光の帰りが遅いことを、家族たちは気にはしていた。気にはしていたが、それを口に出してまで心配しようとはしなかった。子供が夜遅くなっても帰らないのとは違う。多忙な地方公務員の帰宅時間が遅れたからといって、それを決定的な凶事と結びつけてしまうのは、とり越し苦労というものだ。

晴光の周囲に日ごろからそうした危険性があったならばともかく、彼の場合、至って平凡なサラリーマン生活の繰返しであったのだ。不意に、晴光の意志ではどうにもならないような不幸が、彼を見舞ったなどとは想像のしようもなかった。

身内の人間には、一種の楽観性が働きやすい。うちの子に限って、という親の気持と同じである。長い間いっしょに生活して来た家族の一員が、突如として自分たちの軌道からはずれて行ってしまうとは、どうしても考えられないのだ。昨日まで無事だったのだから、今日もまた無事であるに決っている、と思い込んでいる。

もしかしたら、という不安が生じても、すぐに、こんな不安は間もなく笑い草になるだろうという楽観が打消してしまう。二十八歳の独身男子が、たまに遅く帰って来たとしても特に不思議ではない——と。親もこういう時には、にわかにものわかりがよくなる。

晴光は几帳面《きちょうめん》な性格で、面倒がらずによく電話を利用する。外泊する時、帰りが遅くなる時は、必ず電話で連絡して来た。もっとも、公務でそうなる場合である。それでも、昨日までの晴光はまだ一度も無断で外泊したことはなかった。

「遅いですね。晴光……」

十時半を告げる鳩時計が、ポッと鳴った時、雅子が初めてそのことに触れて、夫へ声をかけた。

「仕事が忙しいんだろう」

義久も気をもんでいたらしく、妻の言葉を待っていたように答えた。

「それならそうと、連絡して来そうなものだけど……」

雅子は食卓の上の白布の盛上りへ目を走らせた。晴光が帰って来たらすぐ、つめたくなった魚を焼きなおさなければ——と、母親の目は言っていた。

「デートじゃないかしら」

凉子がはずんだ声で言った。母親の愚痴《ぐち》を封ずるためにも、凉子は陽気な声を出さなければならなかった。

「兄貴に恋人いるのかい？」

テレビの画像に視線を向けたまま、忠志が背中で言った。

「いるでしょう、もちろん。お兄さんだって、年ごろですもの」

「おれたちには、内証《ないしょ》でか？」

「恋人の有無を、家族に報告する義務があるの？」

「いずれは、おれたちの義理の姉弟《あねおとうと》になる相手だとしたら、当然報告する義務があると思うね」

「それなら、忠志兄さんにきくけど、半月ほど前、新宿駅の近くを忠志兄さんと腕を組んで歩いていた女性について、報告はすんでいるの？」

「あれは、単なるガール・フレンドさ。結婚の対象とはならない相手だからな」

「そんな女性と、あんなにくっついて歩くの？　忠志兄さんって、意外と不潔ね」

「それよりも凉子、あんまり余計なことをペラペラしゃべるなよ」

と、振向きざま、忠志の手が凉子の膝をたたいた。凉子は悲鳴を上げて、上体をのけぞらせる。後ろに突いた涼子の手が湯のみ茶碗をひっくり返して、茶碗の中身があたりに散る。

「およしなさいよ」

「テレビの声が聞えないぞ」

雅子と義久が同時に、息子と娘の悪ふざけをせめる。涼子がペロリと赤い舌を出す。一同の背後で、編みものをしていた悦子が息苦しそうに吐息《といき》する。——と、まったく勝手気ままなそれぞれの動きなのだが、絶えず胸のうちで脈うっている思惑は、家族全員に共通しているのだ。

《晴光はどうしている……？》

玄関のドアをあける音が聞えれば、家族たちの思い思いの仕種《しぐさ》は、一瞬、静止するに違いない。誰もが、その瞬間を心待ちにしているのかも知れなかった。

「寝るとするか……」

テレビの番組に一区切りのついたところで、忠志が立上がった。兄弟間には、根拠のない信頼感がある。明朝、目をさませば、兄は隣の床の中で煙草《たばこ》でもすっていることだろうと、そんな無責任な期待が弟の気持にはあった。忠志は口笛をならしながら、二階へ上がって行った。

「さあ、あなたたちもお寝《やすみ》なさい」

起きている必要はないと、半ば自分に言聞かせるように雅子が、悦子と涼子に声をかけた。

悦子と涼子は、階下の東側に面している六畳間へ入った。この部屋が姉妹の居間兼寝室であった。タンスと三面鏡とミシンが、部屋の三分の一を占領している。ハンガーにつるした和服と洋服で、壁の大部分が隠されていた。若い女の体臭やら香料やらで、部屋の空気が濃くなっている。電灯をつけると、室内の色彩が花やかであった。

「もうすぐ、ここはわたし一人の部屋になるのね」

二組並べて寝具をのべながら、涼子が笑った。なるべく、晴光には触れない話題を提供しているつもりだった。

「そうね……」

悦子は白いネルの寝巻に着替えていた。涼子はネグリジェだが、悦子は昔から白いネルの寝巻きり使わなかった。どんなことにも用心深く、保守的な悦子だった。

「どんな気持？　間もなく結婚するっていう時の娘心……」

布団《ふとん》から乗出して、涼子は片目をつぶって見せた。

「こわいみたい。それに……ちょっと感傷的になるわね」

悦子は白い横顔を見せていた。天井《てんじょう》をみつめている目が濡《ぬ》れたように光っている。鼻が高かった。

「怖《こわ》い？　どうしてかしら？」

「だって、未知の世界へ飛込むんだもの」

「でも、お姉さん、彼のこと愛しているんでしょう？」

「愛しているって……見合いをして付合うようになったんだから。そんな具体的な感情はないけど……。きらいじゃないわ」

「彼と結婚したいって思っているんでしょう？」

「そう思ったから、結婚する気になったんじゃないの」

「そうだったら、何もこわがることなんかないわ」

「このごろのハイティーンには、理解出来ない女心なのよ」

面倒くさそうにそう答えて、悦子は背中を向けてしまった。

涼子は手をのばして、スタンドのスイッチをひねった。闇が訪れた。静寂が涼子の耳をふさいだ。ベルのような耳鳴りが、静寂の音というものなのかも知れなかった。

涼子は寝つけなかった。晴光のことが、しきりと気になり始めた。枕もとの目覚し時計に目をやった。十一時四十分である。遅い。確かに、晴光の帰りは遅すぎる。

井の頭線の電車の警笛が聞えた。晴光はあの電車に乗っているかも知れない——と、涼子は時間の計算を始める。電車が下北沢駅についたころだ。階段をおりて、上がって、今、改札口を出た。商店街を抜けて、小田急線の踏切を渡って、パン屋の角を曲って、今ごろはバス通りを横切っている。そろそろ、坂を上がり始めただろう。五十メートル歩いた。路地へ入って来た。門をあけた。ちょうど、今、玄関の前に立った。ドアのノブに手をかけた。ドアをあける——涼子は耳をすませた。だが、玄関へ人が入って来た気配はなかった。靴音《くつおと》もしない。

《あの電車には乗っていなかったのだ》

涼子は頭を枕に戻した。四肢から力が抜けて行く。そしてまた、新たな不安が胸裡《きょうり》に波紋を描《えが》き始めるのである。

涼子は今日、済生会病院で瀬田大二郎から聞かされた話を思い出す。食品衛生監視員という職務の重要性から考えて、必ずしも平穏無事な職業とは言いきれない——瀬田大二郎は、そのような意味のことを説明してくれた。かつては、悪質業者に刃物を突きつけられたり、冷蔵庫の中に押込まれたりした食品衛生監視員もいたという。

そうした晴光の職業と、彼の帰りが遅いということをすぐに結びつけて考えるのは、単純にすぎるかも知れない。しかし、瀬田大二郎から話を聞いたばかりの涼子にしてみれば、一応そんな危惧《きぐ》を抱いてみるのも無理はなかった。

十二時前に、隣室へ人が入ってくるもの音が聞えた。咳《せき》ばらいを一つだけして、すぐ静かになったところを見ると、義久一人だけが先に床についたらしい。雅子はまだ起きていて、晴光の帰りを待っているようだった。間もなく、悦子の寝息に呼応するように、隣室から義久の鼾《いびき》がもれて来た。

短い間、仮睡したらしい。だが、意識が混濁《こんだく》するほどは寝入っていなかった。玄関のブザーの音に、涼子は敏感だった。反射的に身体を起した時、廊下を玄関の方へ小走りに行く雅子の足音を耳にした。

《帰って来た……！》

涼子は、胸のうちに暖かいものが広がるのを覚えた。しかし、安堵《あんど》は瞬間的なものだった。玄関へ出た母親の言葉に異常を感じて、涼子は聞き耳を立てた。息子を出迎える母親の口調ではなくて、明らかに客の応対をしているのである。

夜中の訪問客だとすれば、ただごとではない。やはり晴光の身に、何か異変があったのだ、と涼子は直感した。

涼子はネグリジェの上にガウンを着込んだ。寒さのせいもあったが、膝のあたりの震えがとまらなかった。心臓の鼓動が、頭の芯《しん》に響くくらい高鳴っていた。

涼子は廊下へ出た。足の裏が冷たかった。それでも彼女は、スリッパをはいてないことに気づかなかった。廊下の壁に左手を添えて、涼子は恐る恐る玄関へ出て行った。

玄関の上がり框《かまち》に突っ立っている雅子のうしろ姿が見えた。その雅子と向い合いに、三和土《たたき》にたたずんでいる人影が二つあって、さらに玄関のドアの外にも黒く人間の輪郭《りんかく》が浮び上がっていた。ドアの外に立っているのは、制服警官であった。涼子の顔から血の気が引いた。深夜に警官が訪れて来た、ということだけで、凶報が持込まれたと覚悟しなければならなかった。現に、晴光はまだ帰宅してないのである。

「とにかく、身内の方にすぐ来ていただかなければ困るんですがね」

四十年配の背の高い男が、雅子にそう言っている。制服警官は二人の男を、ここへ案内して来るのが役目だったのだろう。とすれば、二人の男は私服の刑事に違いなかった。

「死体を確認してもらいたいんですよ」

あから顔の若い方の刑事が、そう付け加えた。

「死体を確認……？」

涼子は思わず、声に出してそう言ってしまった。二人の刑事は、視線を涼子に向けて来た。無表情だが、刑事たちの眼差《まなざ》しは厳しかった。

「涼子、どうしよう……」

振向いた雅子が、身体を泳がせるようにして、涼子に近づいて来た。涼子は、こんなに青白い母親の顔を見るのは生れて初めてだった。

「晴光が……晴光が、死んでしまったんだって……」

と雅子は涼子の胸に顔をこすりつけながら、うめくように声をもらした。

「兄が死んだって……交通事故か何かですか？」

母親の肩を抱きかかえて、涼子は刑事たちの方へ顔をねじ向けた。

「小山田晴光の妹さんですか？」

年配の刑事が、逆に質問して来た。

「そうです、涼子です」

なぜ刑事は、兄の名前を呼びすてにするのだろうか、と涼子は思った。警察の人間に身内の者を呼びつけにされるのは、あまりいい気持ではなかった。

「落着いて聞いてもらいたいんですがね。兄さんは一時間ほど前、神楽坂マンションの屋上から落ちて死亡しました。それでまず、家族の方に死体確認をお願いしたいんですよ」

刑事は骨ばった顔へ手をやりながら、言った。

「神楽坂マンション？」

ついぞ兄の口からは聞いたことのない名称だ、と涼子は首をかしげた。

「神楽坂にある六階建の、高級アパートです」

「やっぱり、事故死でしょう？」

「いや、自殺の疑いもあります」

「自殺？」

「くわしいことは、神楽坂署へ来ていただいてから説明します」

「兄が自殺だなんて……。そんなこと、あり得ません」

晴光が自殺などするはずがないということは、家族全員が断言出来るのだ。朝の出がけまで、いつもの晴光と何の変りもなかったではないか。

「自殺したという形跡は充分あります」

若い方の刑事が、熱っぽい語調で言った。

「自殺する理由がありませんわ」

と、涼子も声を張った。自殺したなどと言われているうちは、晴光が死んだという実感もわきそうになかった。

「この騒ぎの最中に、同じ神楽坂マンション内で人が殺されていることがわかりました」

「それが、兄の死に関係していることなんですか？」

「という疑いもあるんです。殺されたのは銀座で〝高千穂〟という料亭をやっている、その経営者なんですが……。まあ、とにかく署の方へ来ていただけませんか」

刑事は右脚の貧乏ゆすりをとめた。銀座の料亭の経営者——当然晴光と接触のあった相手ではないか、と涼子は息をのんだ。

死体確認

銀座の飲食店の衛生管理は、新橋保健所の管轄である。従って、銀座の料亭『高千穂』も、新橋保健所の食品衛生監視員だった晴光の監視の対象となったはずだ。晴光が料亭『高千穂』の経営者と顔見知りだったということは、充分に考えられる。

その料亭『高千穂』の経営者が神楽坂マンションで殺されて、晴光もまた同じ建物の屋上から落ちて死んだという。

警察が、この二つの事件を結びつけて考えるのも当然であった。たまたま同じ夜、同じ場所で偶発的に二人の人間が死んだのだと見るのは、素直すぎる。料亭経営者と食品衛生監視員、この間に何らかの形で利害関係があったとしても決して不思議ではないのだ。

涼子も、刑事たちの言葉にこれ以上さからうことは出来なかった。いつの間にか、涼子のすぐわきに、義久が立っていた。そのうしろで、悦子がネルの寝巻の胸のあたりを、かかえ込むようにしている。階段の上がり口に、忠志がたたずんで、顔だけを玄関の方へ突出していた。だれの顔も、能面のように表情が死んでいる。そろって、凝然《ぎょうぜん》と動かなかった。

「車を待たしてありますから、急いでくれませんか」

年配の刑事がオーバーのポケットから両手を抜取って、野太い声でそううながした。

「わたしが行くわ」

と、涼子は義久の顔を仰いだ。父親も当然行くべきだと思ったのである。母親に晴光の死体を確認させるのは残酷だし、こういう場合、忠志や悦子はあまり当てには出来ないのだ。死体確認には父と自分が行くほかはないと、涼子は決めていた。

「うん。じゃあ、すぐ支度をして参りますから……」

義久はうなずいて、刑事たちにそう告げた。

涼子も、顔をおおったままの母親の身体を悦子の胸に預けると、部屋へ戻った。ネグリジェを脱ぎ捨てると、白い胸の隆起まで鳥肌《とりはだ》立っていた。ブラジャーもスリップも、冷たかった。その冷たさに、大変なことになったものだと、涼子は改めて悲愴な気持を味わった。家族の間に、このような異変が生じたのは初めてである。肉親の死に、涼子はまだ一度も遭《あ》ったことはなかった。悲しみよりも恐ろしさの方が先に立つ。兄はどんな顔をして、死んでいるのか――。

支度をすませた義久と涼子は、刑事に続いて玄関を出た。門のところで振返ると、玄関の灯が赤茶けてわびしい感じであった。

路地の出口の前に、タクシーが一台止っていた。若い刑事が助手席にすわり、後部の座席にはもう一人の刑事と義久、それに涼子の順で並んだ。

「ご苦労さまでした」

と、若い刑事が車のわきに立っている制服警官に声をかけた。制服警官は挙手の礼で、それに応《こた》えた。

タクシーが走り出しても、だれも口をきかなかった。刑事たちは、暗い窓の外へ目を向けている。義久は、膝の上で組合せた手をながめていた。背を丸めてマフラーに顎《あご》を埋めた父を見て、涼子は義久がにわかにふけ込んでしまったような気がした。

涼子は車の震動に身を任せて、目を閉じた。特に思索しようと思ったわけではなかったが、あれやこれやと考えが脳裏をよぎった。刑事がなぜ兄の名前を呼びすてにしたのか、涼子にはだいたい察しがついていた。警察では、料亭『高千穂』の経営者の死と晴光の死とを、悪い意味で結びつけているのに違いなかった。晴光が『高千穂』の経営者を殺してから、自分も死んだ——と、警察では見当をつけているのではないだろうか。

だから、刑事は晴光の死には自殺の疑いもある、と言ったのだ。たとえ死亡していても、殺人犯人と見ているから、晴光の名前を呼びすてにしたとも考えられるのである。

「瀬田さんのお見舞、頼んだよ」

そう言い置いて、家を出て行った晴光を思い浮べると、涼子は胸の奥がしびれるように熱くなるのを覚えた。あれが、兄の最後の言葉だったのだ。そして、今後は兄の声を二度と耳にすることは出来ないのである。何となく不思議だった。今まで何年も一緒に生活して来た人間が、突如としてしゃべりもしないし動きもしなくなってしまう。すると、生きている間の晴光は、一体何であったのだろう。まったく意味もなく、二十八年間も生きて来たみたいである。

兄が口もきかなければ動きもしない――そんなばかなことがあるものか、と涼子は大声で笑いたくなる。

タクシーは新宿へ出て、飯田橋方向へ向った。深夜の街は暗かった。タクシーだけが夜気を震《ふる》わせて、猛スピードで往き交う。たまに見かける人影は、足もとの定まらない酔っぱらいばかりだった。肉親の死体を確認するために、警察へ急いでいる人間が、今夜の東京に何人いるだろうか、と涼子はバカげた考えにとらわれていた。

タクシーは曙橋《あけぼのばし》の下を抜けて、市ケ谷見附を通過した。神楽坂警察署は、国電飯田橋駅のホームを見おろす都電の通りに位置している。神楽坂の繁華街入口の斜め前にあるわけだった。

すっかり寝静まった神楽坂界隈《かいわい》の街中に、一つだけ満艦飾に電灯をともしている建物が目立っていた。それが、神楽坂警察署であった。タクシーが止ると、刑事たちは身軽にドアの外へ飛出した。

「どうぞ」

と、年配の刑事が義久と涼子の先に立った。警察の中へはいっただけで、涼子は異常な緊張感に心臓が痛くなった。義久の目にも、不安そうな萎縮《いしゅく》があった。

「まず、死体を確認して下さい。すぐ監察医務院へ運んで、解剖しなければならんのですよ。それからくわしい事情をお話しします。お聞きしたいこともありますしね」

警察の中庭へ抜けながら、刑事が言った。

「解剖するんですか？」

義久が、つんのめって上体を泳がせた。

「変死ですからね。毒物を飲んでいることも考えられます。外傷だけで死因を決めるわけには行きません」

刑事は、入口の前に制服警官が立っている小さな別棟に近づいて行った。刑事を見ると、警官が入口のドアをあけた。自動車の車庫だった建物らしく、コンクリートの床のガランとした別棟であった。だだっ広い建物の中には、卓球台ぐらいの大きさのテーブルが一つだけすえてあった。テーブルの上には、人をのせたままの担架《たんか》が置いてある。その人間の顔は、白いハンカチでおおわれていた。義久や涼子の靴音に、テーブルを囲んでいた三人の男たちがいっせいに振向いた。

「父親と妹に来てもらいました」

刑事が、三人のうちの一人に言った。

「ああ、ご苦労」

刑事の報告を受けた恰幅《かっぷく》のいい男は軽くうなずいて、涼子たちの方へ大股に近づいて来た。

「夜中にご足労願って恐縮ですが、お聞きになったような事情で……」
三十七、八というところだろうが、その男の語調にはひどく重々しい響きがあった。口のきき方も、同行して来た刑事とは違って礼儀をわきまえていた。上級の警察官なのだろう。背広姿だから、どんな地位にいるのかは分らなかった。
「はあ……」

義久は、おびえきった足どりでテーブルの上の死体へ歩を運んだ。

「お嬢さん、大丈夫ですか？」

と、恰幅のいい警察官が涼子の顔をのぞき込んだ。

「ええ」

涼子は、きつく唇《くちびる》をかんだ。

「貧血を起さないで下さい。緊張しないで、深呼吸するといいですよ」

「はい」

涼子と義久は、死体の顔を見おろせる位置に並んだ。

「着ているものは、どうです？」

死体の向う側にいる眼鏡《めがね》をかけた男が聞いた。声が建物の中に反響する。

「兄の背広に間違いありません」

涼子が答えた。義久には分らないことである。

「これがオーバーに靴、それから左手首にはめていた時計ですが……？」

眼鏡をかけた男が、手袋をはめた手で泥だらけのオーバーに靴、それからガラスの割れた腕時計をぶらさげて見せた。

涼子は無言でうなずいた。いずれの品物にも、はっきりと見覚えがあった。涼子自身の手でブラシをかけ、磨きあげたオーバーであり靴なのである。

「では、確認願いましょう」

眼鏡の男の手袋をはめた手が、死体の顔をおおっている白いハンカチへのびた。一瞬、涼子は目を閉じた。それから、少しずつ目を見開いた。義久が隣で、肩を震わせた。

死顔は、少しもよごれていなかった。傷もなく、血もついていない。青黄色い皮膚に変色してはいたが、寝顔と大した違いはなかった。

《ずいぶん、睫《まつげ》が長い……》

涼子は、そんなことを頭の隅に置いていた。

「綺麗な死顔です。外傷は後頭部にあるだけで、右脚、肩、肋骨《ろっこつ》とそれぞれ骨が折れてます。頭蓋骨折《ずがいこっせつ》も多分していると思うんですが……」

眼鏡の男が、落着きはらった声でそう説明した。

「長男です……」

と、かすれた声で義久が言葉をこぼした。涼子も顎を引いた。

ほっとしたような空気の緩《ゆる》みが、警察官たちの間に広がった。

「捜査主任の立花《たちばな》と申しますが……。大変、お気の毒なことでした」

と、恰幅のいい背広姿の警官が義久と涼子に頭を下げた。

「いや、どうもお手数をかけまして……」

義久はハンカチを目に当てていた。涼子は不思議と泣けてこなかった。晴光の死体を目の前にしていても、まだ兄が死んだということを信じきれないのである。目が覚めたら、いつもの通り自分の布団《ふとん》の中にいて、台所から雅子がネギを刻む音がコトコトと聞えてくる。あわてて飛起きると、母親の手伝いをするために台所へ駆込んで行く。やがて、朝食の支度が出来る。すると、頭の毛の中へ指を差込んでガリガリやりながら晴光が茶の間へ入って来るのではないか——と、そのような気がするのだ。

「あちらで事情をご説明しましょう」

立花と名乗った捜査主任が、義久に言った。涼子は短い間合掌《がっしょう》してから死体の傍《かたわ》らを離れた。捜査主任と先程の刑事、そして義久と涼子は、再び中庭を横切った。

義久と涼子は、調べ室らしい小部屋へ案内された。小さな机《つくえ》を囲むようにして、捜査主任と義久、それに涼子の三人がそれぞれ椅子《いす》を引寄せた。

「小山田晴光さんは昨日、つまり二月十六日夜十一時三十分ごろ、神楽坂町にある神楽坂マンションの屋上から墜落《ついらく》して、即死しました。ところが、同じ神楽坂マンション六階の六〇二号室に住んでいる料亭経営者の長谷部綱吉《はせべつなきち》という男が、部屋の中で殺されているのを、その騒ぎの最中に発見したのです」

立花捜査主任は、そのように説明を始めた。話しながら、捜査主任は濃い眉毛《まゆげ》をよく動かした。

「長谷部綱吉は、酔っていました。死因は毒物による中毒死です。精密な検査は目下のところ、本庁の鑑識で急いでおりますが、多分毒物は飲んでいたウイスキーに投入されてあったものと思われます。死亡推定時は、十時半から十一時までの間。晴光さんが屋上から墜落する前、一時間の間に被害者は殺されたわけです」

立花捜査主任は、ふと目を伏せた。

「家へ迎えに見えた刑事さんの話ですと、その長谷部という人が殺されたことと、兄が死んだことには関連があるんだそうですが、どんな理由でなんですか？」

涼子が口を出した。

「それはですね……」

捜査主任は涼子の方へ顔を向けた。

「長谷部綱吉の部屋を、晴光さんが訪れたという形跡が残されてあったからです」

「どんな形跡なんです？」

「長谷部綱吉の部屋が、どのような状態にあったか、説明すれば分ると思うんですが……」

六〇二号室は三間に分れている。家具の洋間、寝室、それにダイニング・キッチンである。このほかに、浴室とトイレがついている。

長谷部綱吉は洋間で、ウイスキーを飲みながらテレビを見ていたと推定された。テレビはつけたままになっていたし、テーブルの上には三分の二をあけたウイスキーの角ビンと、ウィンナ・ソーセージが置いてあったからである。そんなものはどうでもいいのだが、テーブルの上にはもっと肝腎《かんじん》な物品が残されてあったのだ。新橋ストアの包装紙に包まれた洋菓子の箱。それに晴光の名刺一枚がそれである。さらに死体のかたわらに、H・Oというイニシャルを彫《ほ》りつけた金のネクタイ・ピンが落ちていた。屑籠《くずかご》の中には『新橋保健所』と印刷文字が入った用箋《ようせん》に、唾《つば》を吐いたらしく、それがまるめて投込んであった。

「これでは、両者の間に何の関連もなかったと考えるわけには行きません。捜査課員が裏付けの聞込みに散ってますから、午前中には結果がまとまるでしょう」

立花捜査主任は話し終って、一つ咳《せき》ばらいをした。

「何もかも駄目になる……。わたしも銀行をやめなければならない。悦子の縁談も、ご破算になるだろう。忠志の将来だって……」

聞きとれないような小声でつぶやくと、義久は両腕の間にはさんだ頭を激しく振った。

涼子の敗北

義久と涼子は、二月十七日の正午近くまで神楽坂署に留っていた。立花捜査主任の質問に答えなければならなかったし、裏付けの聞込みに散った捜査課員たちの結果報告も知っておきたかったのである。

死体は間違いなく晴光だったこと、それに晴光が殺人容疑者とされていること、という二つの点については、義久が自宅へ電話で知らせた。

立花捜査主任の質問は主に、最近の晴光に何か変った点はなかったかどうかであった。義久の口は重かった。ほかのことを念頭に置いているらしく、捜査主任の質問の意味が容易にはのみ込めないようであった。

義久に代って、ほとんどの質問に涼子が答えた。最初は義久に目をすえて口を動かしていた捜査主任が、しまいには涼子の方へ向きなおってしまっていた。

「お嬢さんは、しっかりしてますね」

立花捜査主任は、繰返してそう言った。口先だけではなく、心底からそう思ったようである。

「親の愛情と、兄妹《きょうだい》の愛情の違いでしょう、きっと。愛しているから、父の受けた衝撃は大きいんだと思います。その点、わたくしは兄に対して薄情なのかも知れません」

涼子は、平気でこのような言い方をした。どうにでもなれ、といった半ば捨てばちな気持が、かえって涼子に余裕を与えたのだろうか。

しかし、涼子の応答は警察側にとってあまりプラスにはならなかったようである。別に涼子が作為をもって、ごま化したわけではない。正直に答えたのだ。正直に答えると、自然に立花捜査主任のどの質問も、否定する形になってしまうのである。

「最近のお兄さんの行動や素振りに、変ったところはありませんでしたか？　たとえば、帰宅時間が遅くなる、口数が少なくなる、何か悩んでいる様子、怒りっぽい、金使いが荒くなった、急に新しい知合いが出来た……まあ、こういう変化などが……？」

「いいえ。前と少しも変らない兄でしたけど……。生活態度も家族に接する場合の兄も、サラリーマンの見本みたいでした」

「自殺をにおわせるようなことは……？」

「もちろん、ありませんでした。陽気というよりも、楽天家の兄でしたから、深刻な顔つきでいればわたくしたちにはすぐピンと来たはずです」

「妹さんにこんなことをきいて何ですが……お兄さんの、女性関係はどんな状態だったんですか？」

「さあ……。親しい女の人は当然いたでしょうけど、特定の……恋人はいなかったようです」

「結婚の予定は？」

「三十までは独身でいるんだって、よく言ってましたけど……」

「今までに、長谷部綱吉という男の名前、お兄さんの口から聞いたことがありますか？」

「いいえ」

「高千穂という料亭のことは？」

「聞きませんでした。神楽坂マンションというのも、今夜初めて耳にした名称なんです」

こういう調子である。義久は涼子の答えに同調して、コクンコクンとうなずいて見せる。立花捜査主任は入口近くにある椅子にすわっていた刑事を振返って、処置なしだというふうに苦笑した。

細かいやりとりをしているうちに、朝を迎えてしまった。最初に都電が走って行く音が聞え、小鳥のさえずりが窓の外でひとしきり続いた。やがて中庭から、警官たちの点呼をとる声が聞えて来る。交通係の警官が所持品の検査を受けているのか、ピーピーと笛を吹鳴らしていた。

立花捜査主任が立上がって、頭の上の電灯を消した。刑事が思いついたように、ストーブに石炭を投込む音がした。小部屋の中は四隅を除いて、すっかり明るくなっていた。捜査主任が朝食をご馳走しようと言ってくれたが、それは断った。気は張っているが、さすがに食欲だけなかった。

「これで一応、お引取り下さっても結構なんですが……」

と、立花捜査主任は重量感のある身体を揺り動かしながら言った。

「でも、もう少しここにいさせていただきたいんです。聞込みの結果、兄と長谷部綱吉という人の死には何の関係もないと分ってから、安心して家に帰りたいんです」

涼子は父と捜査主任の顔を、交互に見やってそう答えた。義久も、そのつもりだというように捜査主任に会釈《えしゃく》を送った。

「そうですか。では、ここでひと眠りして下さい。何か分りましたら、お知らせしましょう」

立花捜査主任は、なかなか親切な警察官だった。話が分る、というのだろうか。もっとも、こういう警察官は犯罪者に対しては徹底してきびしいのかも知れない。

捜査主任は、調べ室を出て行きがけに刑事の肩を軽くたたいた。父娘二人だけで、そっとしておいてやろうという思いやりらしい。その刑事も、涼子たちに熱いお茶を入替えると、すぐ捜査主任のあとを追った。

「涼子……」

娘と二人きりになると、義久は肩を落して吐息した。

涼子は色の悪い父親の横顔を見返した。警察の調べ室で、父と一緒に朝を迎えたことが凉子には不思議でならなかった。たとえそれに似た情景を映画やテレビで見たとしても、自分に当てはめて想像はしなかっただろう。

「解剖するとなると、晴光は今日のうちに返してもらえないだろうな」

「多分ね」

「明日の晩、お通夜で……明後日に告別式ということになるか」

「ええ」

「葬式も内輪だけですませよう。世間を騒がせるような死方をした場合、あまり大袈裟《おおげさ》な葬儀は遠慮しなければならんもんだ」

義久はすでに、そんなことまで考慮に入れていたのだ。虚脱状態でいるのかと思っていたら、そうした実際上の問題についてまで思案していたのである。凉子は改めて父親というものの責任の重さを感じた。

「これから、何かと大変だが、一つ頼むよ、凉子……」

一夜のうちにすっかり憔悴《しょうすい》した顔を凉子に向けて、義久は赤い目をこすりながら言った。

「頼むって言われても、わたし……」

父は自分よりも、はるかに疲れている——と、凉子は思った。

「お前がいちばん気の強い性質《たち》だからな。こういう場合でも、しっかりしていてくれると思うよ」

「それよりお父さん、さっき、今度のことで何もかも駄目《だめ》になるって言ってたけど、あれ、本気だったの？」

「本気も何もない。事実、何もかも駄目になるんだから仕方がないよ」

「でも、そんなの変よ。お兄さんの身に起った事件は、お兄さんの責任で、わたしたち家族には無関係なはずだわ。何もお父さんが銀行をやめたり、お姉さんの縁談が破談になったりすることないと思うわ」

「理屈はそうだが、日本ではそこまで個人の区分がはっきりしていないだろう。身内の人間がどうかすれば、必ず家族全体に響いて来る。特に縁談と勤め先は、こういうことに左右されやすいんだ」

「お父さん、銀行に辞表を出すつもり？」

「うん。明日にでも、そうする予定でいるがね」

「たったこれだけのことで、勤続二十五年の勤めを棒にふるっていうわけ？」

「仕方がないじゃないか。銀行というところは、信用と外聞に異常なほど神経質な企業なんだよ。息子が人殺しをしたとなれば、退職をすすめられる先に、辞表を出すよりほかはないんだ」

「お父さん、お兄さんが人殺しをしたって決め込んでいるの？」

「決め込んでいるって……晴光は事実、人を殺しているじゃないか」

「まだ、疑いだけよ。おかしなお父さんねえ……。お父さん、お兄さんが人を殺せるって思える？」

「信じられない。あの晴光に……人を殺せる度胸があったなんて、そんなに神経がず太いなんて、とても考えられない。しかし、あの捜査主任の説明を聞いていると、信じないわけには行かなくなる」

「小説みたいに、そう簡単には無実の罪なんてあり得ないと言いたいんでしょう。でも、わたしは事実は小説よりも奇なり、という方を信ずるわ」

涼子はそう言切った。義久ぐらいの年齢になれば、常識というものを何よりも重んずる。この場合の常識とは、世間も納得する専門的な判断のことである。医師の診断には無条件で従い、雨だという天気予報があれば必ず雨具を持って出る。一種の保守性でもあった。たとえ感情の上では疑念があっても、警察の判断に間違いがあろうはずはないとあきらめてしまっているのだ。

確かにそうだ、と涼子も思っている。警察の断定を百パーセント信じていた。しかし、人間の判断力ではどうにもならない、一種の奇跡だってないとは限らない。まさかと思うような偶然の一致があったために、世間全体が判断を誤ることもある。

現に、五十年間も無実の罪を訴え続けて来た老人の再審判決が今月末には下るという話だった。そうした間違いもあるのだ。晴光に人が殺せるはずがないと思いながら、仕方がないとあきらめることは、涼子の若さが許さなかった。

涼子は机の上に顔を伏せて、二時間ほど眠った。額に腕時計が当っていた痛みに目を覚ますと、十一時二十分を示している時計の文字盤がつい鼻の先にあった。義久は窓辺にたたずんでいた。何を考え込んでいるのか、父親の顔が子供のようにあどけなく、涼子の目には映じた。

「疲れたでしょう」

小部屋のガラス戸が開かれて、立花捜査主任が入って来たのは、ちょうどこの時である。言葉つきにさして違いはなかったが、捜査主任の表情は先刻よりも暗かった。聞込みの結果、晴光の容疑が濃厚になったのではないか――と、涼子は胸の筋肉が凝縮《ぎょうしゅく》するような気がした。

「残念ですが、この分で行きますと午後の会議で、捜査本部を設ける必要はないという結論が出るかも知れません」

捜査主任は、回りくどい言い方をした。晴光が犯人と断定されれば、事件の捜査は行われない。従って、捜査本部は設置されないという意味なのであろう。

「兄が犯人だという裏付けが……?」

涼子は腰を浮かせた。引きずられた椅子の脚が、床できしんだ。

「決定的な裏付けとは言いませんが……」

と、捜査主任は掌の中で、メモ用紙を広げた。

「今までに確認されたのは、この九点です。まず第一に、被害者の部屋で計六つ、小山田晴光の指紋が検出された。被害者の部屋に遺留されてあった名刺、ネクタイ・ピン、および新橋保健所用箋に吐きつけられた唾《つば》は、いずれも小山田晴光のものと分った。それから新橋ストアの包装紙に包まれた洋菓子の箱は、昨日午後四時ごろ、新橋保健所衛生課の女子事務員が小山田晴光に頼まれて買求めたものだ、という証言があった。以上五点が事件現場関係の確認事項で、次の四点は新たな聞込みです」

立花捜査主任はここで、義久と涼子の顔色をうかがうように視線を上げた。義久の影は窓際で動かなかったし、涼子も瞬《まばた》き一つしなかった。

「長谷部綱吉は新宿にも、料亭高千穂の支店を持っていますが、一年ほど前、食品衛生法違反で摘発され、営業停止処分を受けたことがあります。その際、銀座の本店も衛生管理に不備な点があるのではないかというので、小山田晴光が銀座の高千穂へ抜打ち検査に行

ってます。その後、高千穂の支配人がいく度も小山田晴光を新橋保健所へたずねて来てい
ることが分りました。第七点目になりますが、この高千穂の支配人の言によりますと、小
山田晴光に会いに行ったのは、あくまで食品衛生管理について指導してもらうためだった
が、昨日の夕六時すぎ、小山田晴光の代理の者だという女の声で電話がかかり、長谷部綱
吉と面談したいから場所を指定してほしいと言って来たそうです。高千穂の支配人は、相
手が食品衛生監視員だったので、あわてて長谷部と神楽坂マンションで会う手はずを整え
たというんですが……」
「兄の代理だと名乗って電話をかけて来た女の人は、だれだったんでしょうか？」
涼子は自分が女であるだけに、兄の代理を名乗った同性に、まず興味が走った。
「それが八点目になるんですが、お兄さんにはやはり愛人がありましたよ」
「え……？」
「西銀座のロンリーというバーのホステスですが……」
「バーの女の人ですか？」
「ええ。お兄さんはロンリーという店では、あまり長居もしないし、酒も飲まないんです
が、その梨香《りか》という女にはアパートも借りてやっていたし、生活もほとんどみてやってい
たらしいですね。若いサラリーマンの月給だけでは、ちょっと無理なことだとは思いませ

んか。当人は知らないと言っていますが、この梨香という女がお兄さんの代りに電話をかけたという可能性は、充分なんです。それから最後に、長谷部に飲ませた毒物なんですが、約三〇〇ccのメチル・アルコールだと推定されました」

涼子は軽いめまいに襲われて、目を閉じた。敗北感が気だるく全身に広がった。

人が消えた

報道機関が話題にし、世間が注目するのは被害者とその遺族のことである。

しかし、被害者よりも犯人の家族の方がはるかに悲惨であり孤立してしまうものだということを、涼子は初めて知った。犯人は責められるべきだが、その家族には何の罪もないはずである。だが世間は、家族全体を犯人と同一視して、容赦なく非難の目を向け、無言の圧迫を加えてくる。

犯罪が発生した場合、表面にこそ出されないが、最も苦しい思いをしいられるのは犯人の身内の者たちではないだろうか。

十七日の夕刊とテレビのニュースによって神楽坂マンションの殺人事件が報ぜられた時から、小山田家の暗い生活は始っていた。夕刊もテレビも、晴光が長谷部綱吉殺しの犯人だとは断定していなかった。重要な容疑者という言い方をしていた。

　だが、晴光を重要な容疑者とする理由とその裏付けが並べられて、晴光が犯人だという方向へ報道の中心が流れている。そうではないか。そう考えられる。そうだ――というのが、世間の受取りようなのである。

　何しろ、肝腎な容疑者もまた死亡してしまっていて、決め手がないから重要な容疑者という言葉を使っているが、やはり犯人であることには間違いないのだ、と世間が解釈するのは妥当である。

　小山田家へも新聞記者が来たが、晴光が犯人であろうと思えない、言うことはこれきりない、というわけで引取ってもらった。

　新聞やテレビによると、この殺人の動機は公務員と業者間の醜《みにく》い関係、つまり贈収賄かそれに似た関係がもつれた結果、と当局では判断しているらしい。もっとも、そう見るよりほかに動機らしい動機はないのである。

　食品衛生監視員と料亭経営者の間には、そういった関係が成立つだろう。それに晴光は安月給とりの身で、銀座のバー『ロンリー』の梨香《りか》というホステスの生活を見てやっていたそうだ。そうするだけの収入が、ほかにあったと考えなければならない。

　晴光は料亭『高千穂』で営業停止に値する違反を見つけたのではないだろうか。長谷部綱吉は、金で晴光の口を封じた。晴光はついその気になった。しかし、間もなく晴光は長谷部とのそうした腐《くさ》れ縁を断とうとした。そこに軋轢《あつれき》が生じて、ついには殺し殺されるという結果にまで発展した——。

長谷部の身辺には、ほかに殺されるべき原因が見当らなかったそうである。狡猾《こうかつ》で厚かましい点は、四十六歳の商売人として、むしろ当然だったというべきだが、人から恨《うら》まれるような冷酷《れいこく》な人間ではなかったという。

特に親しい友人はなく、家族構成もまた単純だった。妻と中学生の子供が二人、埼玉県の浦和市に住んでいる。長谷部自身は神楽坂マンションで自炊生活を続けていて、週に一度浦和の家族のもとへ帰るのだそうである。女性関係は意外に淡泊で、過去一人だけ面倒を見てやっていた若い女があったとのことだった。

長谷部の毎日が比較的落着いているものだったことは、彼の周囲の人間たちが口をそろえて証言している。銀座の『高千穂』の経営も順調だったらしい。

十六日の夕方に、晴光の方から面談したいと申入れ、二人は神楽坂マンションで会った。そして長谷部が殺され、晴光もまた死んだ。晴光が神楽坂マンションに現われて、フロント代りの管理室で『六〇二号室は、どう行ったらいいのか』と尋ねているのも事実なのである。どうやら、晴光の長谷部殺しは確かだと見なければならないようだった。

雅子は昨夜半、刑事の訪問を受けて間もなく布団にもぐり込んでしまったきり、起きて来ようとはしなかった。頭から布団をかぶってしまっていて、食事をすすめても動こうとさえしない。

日ごろから血圧の高かった雅子だから、その点が心配だった。母親が病気になると、家中が暗くなる。笑いがなかった。停電してしまったように、家の中が寒々とした感じであった。

この日、悦子は会社へ出るわけにも行かず家にいた。忠志も学校へは行かなかった。悦子は茶の間に、ぼんやりすわり込んでいた。忠志は二階からおりて来ようともしなかった。涼子一人が多忙だった。報道関係者や警察官、その他の訪問客の相手をし、玄関と茶の間を往復してお茶の接待もした。午後一時ごろ、神楽坂署から帰って来て、休む暇もなく動き回っていた。

何もしようとしない兄や姉に文句も言いたかったが、その余裕さえなかった。一息つけたのは、夕方六時すぎであった。涼子はこの時になって、昨夜から充分寝ていないし、何一つ食べてないことに気がついた。

「晩ご飯は……？」

だるい身体を茶の間に運んで、涼子は悦子に言った。

「食べたくないわ」

悦子は、食卓に顔を伏せたまま答えた。

「食べたくないのは、お姉さんだけでしょう」

涼子は甲高《かんだか》い声を出した。頼りない姉を見て、ヒステリックにならざるを得なかった。

「誰だって、食欲なんかないわ」

「何もしないで、ただじっとすわり込んでいるだけだからよ」

「ずいぶん、いばるのね」

「じゃあ、お姉さん、餓死するまでそうやっていて、何も食べないのね？」

「出来ることなら、そうしたいわ」

「勝手にしなさい！」

腹立たしさに、トンと床をふみ鳴らしてから、涼子は廊下の突当りにある電話へ向った。

ここで気がついたのだが、いつも午後になると回って来る商店のご用聞きが、今日は一人も来てなかった。肉屋も魚屋も、それに八百屋も、台所で威勢のいい声をまだ聞かせていない。恐らく、正午のテレビのニュースか何かで小山田家の騒ぎを知ったのに違いなかった。

とり込み中だろうと気をきかしたのか、それとも犯罪に関係ある家庭として敬遠したのか、いずれにしても自分たちは世間から遠ざかりつつある——と、涼子は孤立感を感じ始めていた。

涼子は電話で、天井《てんどん》五つをそば屋に注文した。そば屋の電話に出た男の声は、不断と変りない愛想のよさで注文を引受けた。

神楽坂署から協信銀行へ回った義久が帰宅したのは、それから間もなくだった。義久の顔は土気色をしていた。苦悩の重さのせいもあったが、何よりも肉体的な疲労が彼から生気を奪い取ってしまったのだ。

義久はオーバーを着たまま、茶の間の壁に寄りかかってすわった。顔の皮膚がゆるんで、シミが目立った。泣くだけ泣き、苦しむだけ苦しんだあとの残り滓《かす》が、今の義久かも知れなかった。

「銀行は……？」

お茶をいれながら、涼子が訊いた。

「やめて来たよ」

八十の老人のような声で、義久はポツリと答えた。

「お兄さんが、犯人だって決ったわけでもないのに？」

「仕方がないさ。世間を騒がしたには違いないんだから……」

「わたし、今になっていろいろ疑問を感じ始めたのよ」

「疑問は、それぞれものの見方によって、いくらでも浮んで来る」

「お兄さんと長谷部っていう人の間には、前からつながりがあったと見られているわね？」

「そうだ」

「じゃあなぜ、お兄さんは昨夜、初対面みたいに長谷部さんに名刺を渡したのかしら？」

「名刺は何も初対面の人に渡すものとは限っていないよ。先日頂いた名刺をなくしてしまったから、もう一枚くれませんかって言われれば、何度か会ったことのある相手に改めて名刺を渡す場合もある」

「お兄さんがネクタイ・ピンや唾《つば》を吐いた紙を、長谷部さんの部屋に残して来たのも、単なる偶然ってわけ？」

「偶然じゃないという証拠もないだろう。あわてればネクタイ・ピンを落してそのままにして来ることもあるし、唾を吐きたくなって適当な紙がなければ、ポケットからありあわせの紙を引張り出して、それに唾を吐き、手近な屑籠《くずかご》に投込んで来ることもある」

「お兄さんは、お菓子の折を持って長谷部さんを尋ねたのよ。それなのに、なぜ殺したり殺されたりするようなことになったのかしら……？」

「晴光は長谷部さんのところへ遊びに行ったわけじゃない。二人にとって重大な話合いのために会ったんだろう。ことと次第によっては……ああいう結果になることだって、考えられる」

「するとお兄さんは……話の成行きによっては、長谷部さんを殺そうって最初から覚悟していたのね。つまり、最初から殺意があったわけね？」

「メチル・アルコールのビン詰めを用意して行ったんだから、そう解釈するほかはない……」

義久は、身体中の力を抜くように、長く吐息した。

涼子には父親が不満だった。晴光が犯人だと、決め込んでいるようである。しかし、父親の言い分も間違っているわけではなかった。兄を信ずるという感情をまじえた涼子の疑問は、ただの疑問にすぎないのだ。

長谷部綱吉を殺した毒物は、メチル・アルコールだった。涼子は、メチル・アルコールが人を殺すものだとは知らなかった。飲むと目がつぶれるアルコールといった、漠然《ばくぜん》とした知識しか持っていなかったのである。

立花捜査主任の説明によると、メチル・アルコールの致死量は一〇〇ccから二五〇ccということだった。牛乳ビン一本平均より、やや多目の分量である。失明するのは、七ccから一〇ccというほんの微量だそうだ。

長谷部が飲んでいたウイスキーの中身は、このメチル・アルコールに着色して、本物のウイスキーを少々と香料を加えたものだったという。

その三分の二がすでになくなっていたのだから、長谷部は約三〇〇ccのメチル・アルコールを飲んでしまったことになる。長谷部はこのために急性中毒を起し、一時間ぐらいで急に倒れて、半時間後には呼吸麻痺《まひ》で死亡したというのである。

飲酒癖のない者だと、メチル・アルコールだけを飲まされても判別は出来ないし、酒飲みであっても、すでに酔っていたり、適当に加工してあれば、メチル・アルコールだとわからずに飲んでしまうのだそうだ。長谷部は大変な酒飲みだったというが、多分、下地が入っているところで、このメチル・アルコールをすすめられて飲んだのに違いない。

「もし、お兄さんが長谷部っていう人を殺して、自分も……自殺したというのが事実ならば、どうしてメチル・アルコールを飲んで死のうとしなかったの？」

涼子はまるで、目の前にいるのが晴光であるようなきき方をした。

「メチル・アルコールじゃあ、瞬間的に死ねないからだろう。分量が不足で、死ねないで苦しんでいるうちに、誰かに発見されてしまうこともある」

義久は、襖《ふすま》に向けた目をショボつかせながら言った。

「第一、長谷部を殺すことも計算に入れていたお兄さんが、殺してしまったあと、あわてて自分も死のうとするなんて変よ」

「その点については、立花っていう捜査主任も言っていたじゃないか。前科者や犯罪者としての要素を備えている人間は別として、普段は良識家でそれもインテリ層の犯罪例にはこういうケースが多いって。そうした人間がやむにやまれぬ気持で、人を殺そうと思いつめる。殺してしまうまでは、無我夢中だ。だが人を殺してしまったあと……急に恐ろしくなる。恐怖と後悔に、絶望的になる。それで衝動的に、自分も自殺してしまう……」

義久は自分の言葉に、自分で納得したらしい。灰皿に吸いさしの煙草《たばこ》がころがっているのを見つけると、それを指先でつまんで火をつけた。

八時すぎに、やがては来るだろうと予測していた訪問客があった。悦子の縁談をまとめたデパートの美術部長だった。仲人がこんなに早く縁談の解消を申入れに来たのは、先方が小山田家のかかわり合いになることをひどく恐れたためだろう。

客は十分もしないうちに帰って行った。客間から引揚げて来た義久は、陽気な口ぶりで悦子に言った。

「悦子もこれで、さっぱりしただろう。わたしも、とにかく銀行に辞表を出して来た。新鮮な気持で、一つやりなおしをするんだな」

もちろん、悦子は笑顔を見せなかった。二階からおりて来た忠志もまじえて、四人は届けられた天丼を黙々とつっ突いた。雅子だけは、天丼にも手をつけなかった。昨夜までにくらべると、あまりにも変り果てた小山田家の晩餐《ばんさん》だった。

「わたしも、会社にはもう行けないわ」

悦子がそう言って、鼻をすすった。

「おれも、退学届を出さなきゃあ……」

箸《はし》を投出して、忠志は畳へ大の字に寝転んだ。

こんな馬鹿なことが——と、涼子は唇を結んだ。晴光がバーのホステスを二号にしていて、汚職をして、人殺しをして……。

「ねえ、お父さん。最近のお兄さんに変ったことは見られなかったかって警察できかれたけど……お兄さん、変なことを言ったじゃない。一昨日の晩よ。白昼の銀座四丁目の交差点で、人が消えてしまったって……」

と、涼子はすがるような気持で言った——。

第二章　女

女の所在

義久は、協信銀行本店の正面玄関を出た。円柱が二本そそり立っていて、その間に十二段の大理石の階段がある。義久は、その階段をゆっくりふみしめるようにしておりた。今日だけは、『行員通用門』から出たくはなかった。

二度と再びこの大理石をふんだんに使った殿堂に出入りすることはないだろう、という感慨が、義久の胸のうちにあった。この建物に二十五年間も通ったとは、すぎてしまえばとても思えないことである。

だが、もうここへは来ないのだと考えると、建物全体にたまらなく愛着を覚えた。義久の人生の大半は、ここで息吹き、ここで費やされたのだった。

目の前には、ゆるやかな車の流れがあった。視界が明るいせいか、車体のそれぞれの色が鮮明だった。

すっかり春めいた気候であった。道行く人々の半数以上は、オーバーを脱いでいる。空の青さが薄い雲と溶け合って、眠たそうな色になっていた。

義久は日比谷の方向へ向って歩いた。気持は暗いが、何となく落着いていられるのは職を捨てた気軽さだろうか。

和田倉門と馬場先門の中間あたりで、義久は足をとめた。お濠《ほり》に日射しが鈍く反射していて、皇居の外苑が霞《かす》んでいるように見えた。のどかな風景である。勤め先の近くに、こんな安息の場があることを、どうして今まで知らなかったのだろうかと義久は思った。

自分がいかに職務大事に、せせこましく生きて来たかは、勤めをやめてみて初めて分ることなのだと、義久は苦笑していた。その律儀《りちぎ》に勤め続けて来た職にしても、ちょっとした異変によって、あっさりと失ってしまうものなのである。

義久はオーバーの上から、胸のあたりを軽く押えた。胸の内ポケットには、一枚の辞令と退職金をおさめた封筒が入っている。それだけが、自分と協信銀行の二十五年間の関係を断ち切る絶縁状だった。

この退職金をどう活用するか——と、義久は口の中でつぶやいた。妻や子供たちの顔が脳裏をよぎる。雅子は晴光の事件以来、半月とちょっとたつのに、未だに寝ついたままでいる。食事はとるようになったが、人が違ったようにやせてしまった。

雅子は、晴光の葬儀にも顔を出せなかったのである。めっきり口数もへったし、一日中天井《てんじょう》を見上げているだけだった。

悦子はテレビ局をやめてしまって、家にいる。若い女でもあり、勤めを続ける気になれなかったのは無理もない。他人に顔を見られるのが、何よりの苦痛なのだ。

何ごとにもにえきらない悦子のことだから、口に出して言おうとはしない。だが、婚約を解消され職を失った悦子が、人知れず泣き続けていることは、父親には充分察しがついていた。

義久が最も不安なのは、大学へ行かなくなった忠志のことである。昼すぎまで寝ていて、午後から出掛けて行く。どこへ行くのかは分らない。帰宅するのは、連日のように夜中だった。飲まなかった忠志なのに、酔っぱらって帰って来ることもあるし、若い男女から呼出しの電話がちょいちょいかかって来るようになった。

若い忠志のことでもあるし、殺人犯の弟だという意識を強く持たなければいいがと、義久は気をもんでいた。

涼子は頼りになった。もう、晴光の事件について触れるようなことはなかったが、適当な勤め口があれば働くんだと一人で張切っている。

その後、事件に関して新しい報道はなかった。そろそろ世間の記憶もうすれかけて来たし、目新しい事件が次々に発生している。晴光の事件が尾を引いているのは、小山田家の中に限られているのかも知れない。

長谷部綱吉殺しの捜査本部は、ついに設けられなかった。しかし、神楽坂署の刑事たちの間では、晴光が犯人ではないという意見が強かった。それで、神楽坂署独自の立場で今後も捜査を進めるというのが内情らしい。だが、新たな手がかりを得たといった話は、まだ聞いていなかった。

とにかく、事件もそして小山田家で吹荒れた突風も、一段落ついたことは間違いない。今日、こうして義久が協信銀行へ辞令と退職金を受取りに来たことが、その証拠なのである。

義久は日比谷の交差点で信号を待った。

《交差点……》

義久はふと、事件の翌日、涼子との間でかわしたやりとりを思い浮べた。

「白昼の銀座四丁目の交差点で人が消えた……それも、ただ単に見失ったのではなくて、追いかけていた相手が交差点の途中で、影も形もなくなってしまったというのよ。この話をお兄さんから聞かされた時、わたしたち、奇跡だとか、非科学的だとか、幻影だとかって言って、とり合わなかったわ。でも、こうなった今、改めて考えてみると、とても不思議な話じゃないかしら？」

「不思議な話だということは、最初から分っている。だから、誰も本気にはしなかったんだろう」

「そう。あのまま、お兄さんに何ごともなかったら、それっきりになったでしょうね。でも、お兄さんがああいう体験をしたのは、事件の前の日だったのよ」

「銀座四丁目の交差点で人が消えたことと、今度の事件とに何か関連があるというのか、涼子は……」

「最近のお兄さんに変った言動がなかったかって、警察でも気にしていたでしょう。あまりにも変りすぎている話だったから、わたしたち警察の人にはこのことを言わなかったけど……」

「しかし、銀座四丁目の交差点で人が消えたというのは、晴光の単なる体験だった。晴光はそれを体験したために、人を困らせたり人から憎まれたりするということはなかったんだろう」

「他動的な行為じゃないっていうの？」

「そうだ」

「だから、それが殺人事件にまで発展するはずはない……？」

「そうじゃないかな？」

「でも、テレビなんかでもよくやるけど、人殺しの現場をたまたま目撃してしまったために、殺されてしまう人もあるのよ」

「しかし、晴光が見たのは、ただの通行人だった……」

「お兄さんに見られた人が……実はその日のその場所にいたことを、隠さなければならない立場にあったとしたら……？」

「だからって、晴光がなぜ長谷部という料亭経営者を殺したんだ？」

「そこまでは分らないわ。でも、わたしたちはお兄さんがこんなことになるって、予想もしていなかったでしょう。予想もしてなかったことが、現実に起ったわ。この際、どんなに些細《ささい》な問題でも、見のがすべきじゃないと思うの」

「白昼の銀座四丁目の交差点で人が消えてしまったということが、事実かどうか調べろとでも言うのかい？」

「確かに馬鹿げたことだわ。でも、お兄さんが見かけたという当人、久米緋紗江さんに会えば、すぐにでも結論が出るでしょう。無駄というほどのこともないと思うわ」

涼子がなぜこんな点に着眼したのか、義久には分らなかった。涼子はワラをもつかむ気持なのかも知れない、と義久は安直に解釈しておいた。晴光の告別式に、久米緋紗江という女が顔を見せたら、それとなくきいてみようと思っていたが、当日それらしい女は来なかった。

この話は、それっきりになっていた。警察の人間が来た時も、この点については特に触れなかった。

今、義久が久米緋紗江という女を尋ねてみようと思いたったのは、何分か前までは意識の外にあった気持の動きによるものだった。石をけとばす程度の、気まぐれと言ってもよかった。

帰ったところで仕方がない家へ向うよりも……と、義久の曖昧《あいまい》な意思が彼の身体を日比谷公園へ運んだ。公園の売店にある赤電話に、十円硬貨を投込む。期待はなかった。晴光が、長谷部綱吉殺しの犯人だという条件はそろいすぎている。現場の遺留品、面談したいと申込んだ電話、職業柄入手することが可能だったメチル・アルコール、そして身分不相応に女一人の生活を見ていたこと――今さら、久米緋紗江という女に会ってみたところで、どんな効果があるのか。

義久は、ダイアルを回しながら、もの憂《う》い気持になった。義久が電話をかけた先は、新橋保健所だった。久米緋紗江は二年ほど前まで、新橋保健所の予防課に勤めていたと聞いている。現在、久米緋紗江がどこでどうしているかを知るには、ここに問合せるほかはなかった。

義久は電話を予防課に回してもらった。電話に若い女の声が出た。

「予防課でございます」

「ちょっと、お尋ねしたいんですが……」

義久は、晴光の父親であることを告げなかった。

「はあ」

「私事《わたくしごと》で恐縮なんですが、二年前までそこに勤めていた久米緋紗江さんという方が、今どこでどうしているか、どうしても知りたいんです。予防課の方で、どなたかご存じないでしょうか？」

「久米緋紗江さんですね？」

「ええ」

「わたくしは存じませんけど……古い人にきいてみますから、お待ちになって下さい」

女の声はとぎれた。受話器を掌でふさいで同僚たちと言葉をかわしているらしく、義久の耳に不明瞭な音声が伝わって来た。

「分りましたわ」

一分と待たせずに、女の返事があった。

「久米緋紗江さんは、ここを退職されてすぐに大洋化学という会社にお勤めになったそうです。多分、今もその会社にいらっしゃるだろうって……」

「大洋化学ですね？」

と、念を押して、礼をのべてから義久は電話を切った。思ったより簡単に、久米緋紗江の所在が知れた。義久は、理由もなく元気づいていた。

そのせいか、義久はこれから久米緋紗江に直接会ってみようという気になった。大洋化学の電話番号を調べて、久米緋紗江と電話で話合ってもすむことだったが、それだけでは何かもったいないように思えたのである。

義久は電話帳で大洋化学の所在地だけを調べた。大洋化学という会社の名称はあまり聞かないが、小企業ではないらしく、大代表の電話番号もあり、東京本社と東京工場が同じ品川区東品川五丁目にあった。

電話帳に載っていた広告文面によると、大洋化学はかなり広範囲にわたる化学製品の製造工場らしい。

義久は有楽町から京浜東北線に乗った。東品川は、大井町駅からタクシーで十五分たらずである。この一帯は住宅より工場や学校の多いところだ。東側は東京湾に面していて、つい目と鼻の先で埋立て工事が進められている。

大洋化学は、すぐに分った。専売公社品川工場の近くにあった。白いコンクリート塀が、長く続いている。工場から少し離れてある四階建の建物が、本社の社屋らしかった。

義久は門の脇の詰所にいた守衛に声をかけた。

「久米緋紗江さんに面会したいんですが。わたしは、小山田と申します」

「久米緋紗江……」

白い髭《ひげ》の手入れの行届いている守衛は、帳簿のようなものを広げた。横柄《おうへい》な態度である。軍人で、それも将校上りの守衛という印象だった。

「正面玄関を入ると、右側に応接室が並んでいるから、そのうちの第三応接室で待って下さい」

久米緋紗江に連絡がとれたらしく、守衛は受話器を置いてそう言った。

義久は大粒の砂利をふんで、社屋の入口へ向った。工場の敷地は広かった。幾棟《いくむね》も並んでいる工場の建物は、はるか彼方《かなた》まで屋根の凹凸を見せている。遠く、荷積みをしているトラックが何台かあった。

義久は正面入口から建物の中へ入った。廊下に人影はなかった。彼は『第三応接室』という掲示のあるドアをあけた。十畳あまりの室内には、テーブルと旧式な長椅子《ながいす》がすえてあるだけだった。

義久はその長椅子にすわって、五分ほど待った。久米緋紗江は、音をたてずに部屋の内に入って来た。

「しばらくでした……」

緋紗江は義久と向い合いの席について、しとやかに一礼した。義久と緋紗江は一、二度、下北沢の家で顔を合せたことがある。義久は緋紗江の顔を見て、ああこの女だったのかと思い出した。

「新聞で読んだんですけど、晴光さん、とんでもないことになって……」

緋紗江は目を伏せた。

「実は、あなたに妙なことをお尋ねするんですが……」

義久は単刀直入に話を進めた。

「二月十五日の午後、あなたは銀座四丁目の交差点を渡りませんでしたか?」

「は……?」

緋紗江は、当惑したように目を見はった。

「二月十五日ごろは……わたくし、東京におりませんでしたわ。九州を旅行中でしたから」

「九州へ……？」

やっぱり晴光の見間違いだった。銀座四丁目の交差点で見かけたという緋紗江は、そのころ九州にいた——義久は、頭《こうべ》をたれた。

毛の長さ

久米緋紗江は軽く肩を振るようにして、顔にかかる長い髪の毛をはらいのけた。うつむいたまま黙ってしまった義久に、言葉のかけようもないといった表情である。

「九州へね……」

ややあってから、義久が溜息《ためいき》まじりにつぶやいた。

「晴光さんが、銀座でわたくしに会ったとおっしゃったんですか？」

久米緋紗江は、当惑しきった口ぶりである。頭から嘘だと言ってしまうのも失礼だし、かと言って、事実でないことを認めるわけにもゆかないという気持なのだろう。

「会ったとは言いませんでした。あなたを見かけたと……」

「それで、わたくしに声をかけられたのでしょうか？」

「声をかけたが、あなたは気づかずに……そして、銀座四丁目の交差点の中ほどで、あなたが消えてしまったとか……言っておったんですがね」

「わたくしが、消えてしまったんですか？」

「だそうです」

「だって、人間が消えてしまうなんて、そんなこと……」

と、久米緋紗江はあきれたというふうに、口をつぐんでしまった。

「もちろん、わたしたちも、何かの錯覚《さっかく》だろうと言って、晴光の言葉を本気にはしませんでしたが……」

義久は苦笑した。自然に出た苦笑ではなく、そうしたふうに見せないではいられなかったのである。

「わたくし、二月十日から一週間ばかり、九州を旅行してました。東京へ帰って来たのは確か、二月十八日だったと思いますわ。ですから、二月十五日に東京にいて、銀座を歩いたり、交差点で姿を消してしまったり、出来るはずがありませんわ」

久米緋紗江は、真剣な面持ちにかえって言った。

「会社の出張か何かで、九州へ行かれたんですか？」

義久はきいた。この質問は、何かを探り出そうという目的があってしたものではなかった。義久としては、単なる世間話のつもりだった。

「いいえ、私用です。会社の方は休暇をとって、出かけたんですわ」

「久米さんの郷里は、九州なんですか？」

「いいえ。九州一周旅行は、わたくしの学生のころからの夢でしたの。会社から休暇の許可が出ましたし、積立貯金も予算の額に達してましたので、九州旅行を実行に移したというわけなんです」

「九州はいいでしょうな」

「ええ。失望はしませんでした」

「九州全県を回られたんですか？」

「福岡県、長崎県、それに佐賀県と熊本県は参りませんでした。もっとも、福岡県には寄らないわけには行きませんでしたけどね、交通の便の関係上……」

「すると、大分、宮崎、鹿児島……？」

「ええ、美しい海を見たかったものですから……」

「いいご趣味ですね。旅行は……」

「好きですわ」

「お一人で？」

「いえ……あのう……」

久米緋紗江は目を伏せた。その口許に、羞恥《しゅうち》の弛《ゆる》みが漂った。

「いや、これはどうも、失礼なことをおききして……」

と、義久は照れてしまった。若い娘が一週間も一人旅を続けるはずがなかった。そんな旅行をするほど、久米緋紗江は枯れた女に見えなかった。美人ではないが個性的な顔立ちで、黒い瞳《ひとみ》には言葉では表現出来ない深味のある雰囲気《ふんいき》を感じた。肉づきはさしてよくもないが、身体の円味《まるみ》は肉感的だった。

口数は少ないが、それでいて異常に情熱的な女――と、義久のような年配の男にも見てとれるのである。

久米緋紗江は、恋人と一緒に九州旅行をしたのに違いない。すでに男を知っている女――と、年ごろの娘を持つ父親として、義久は何となく久米緋紗江の身体を眺めているのが照れくさかった。

「久米さんは、二年ほど前に新橋保健所をやめられたんでしたっけね？」

義久は話題を変えた。

「ええ……」

久米緋紗江はうなずいた。

「保健所へ勤めていられたころは、晴光と親しくしていて下さったんですか？」

「はあ。お宅へもおじゃまに上がったし、晴光さんがわたくしのアパートへ来て下さったこともあります」

「当時、晴光との間に、結婚の約束でも……？」

「わたくしの方から、そう望んだことはありました。でも……」

「でも？」

「晴光さんは、三十になるまでは独身でいるんだって……」

「晴光は、あなたとそうまで親密にはなろうとしなかった？」

「いいえ、晴光さんだって、わたくしを愛してくれたんです。だから……わたくしたち、すべてを許し合って……」

「許し合って？」

義久はギクリとした。愛して、愛されて、というような言葉は、義久には耳新しい。映画やテレビの中の台詞《せりふ》としては、耳なれている言葉だが、目の前にいる人間からナマの言葉として聞くのは初めてだった。当世の若い男女には当り前の言葉かも知れないが、義久にとってはハッとするような刺激剤《しげきざい》である。しかも、久米緋紗江が口にする『愛』は、義久の息子を対象としたものだった。

すべてを許し合った仲という表現が、何を意味するか義久にもすぐのみ込めた。晴光と緋紗江は、肉体関係にまで発展した間柄だったのである。

だからどうしてくれ、とは緋紗江も言っていない。かつての恋人の父親を責めているのでもないのだ。責められても、仕方のないことである。晴光はすでに死んでしまっているのだ。

しかし、義久は緋紗江に対して、ひけめを感じないではいられなかった。晴光は緋紗江の肉体を占領しながら、三十までは結婚しないなどと勝手なことを言っていたのである。決して、ほめられるべき息子の行為ではなかった。

かつて晴光の愛撫《あいぶ》を受けたという女を前に置いて、死んだ息子も一人前の男だったのだ――と、義久は父親としての奇妙な感慨を味わった。

「そうでしたか……」

義久は再び頭をたれた。ある意味で久米緋紗江にわびたつもりだった。

「晴光さんは、わたくしを裏切ったわけではありません。わたくしの方が我慢しきれなかったんです。あの人が三十になるまで、とても待っている気がしなかったものですから……」

と、久米緋紗江は応接室の窓の方へ視線を投げた。回想する目であった。

「それで、晴光と別れられたのですね？」

「新橋保健所も、やめないわけにはゆきませんでした」

「苦労をかけたんですね、晴光のやつが……」

「でも……」

久米緋紗江は、白い歯をそろえて笑った。

「もう、何とも思っていませんわ。過去なんて、今日があり明日がある以上、すぐに清算出来ますものね」

その通りである。久米緋紗江には新しい愛人が出来た。晴光のことなど、とっくに忘れてしまっただろう。だから、彼女は晴光の死に対しても、弔電一本よこす気にはならなかったのだ。

女は明日の保証があれば、昨日のことを捨てきれるのだ。新しい愛人を得られれば、過去の男は消えてしまう。それが女の強味でもあり、また哀《かな》しさでもあるのではないか。

「お勤め先にまで押しかけて来て、妙な質問ばかりしたようですな」

義久は鼻のあたりへ手をやりながら、椅子をずらせた。この女には、もう尋ねることもないし、晴光の身勝手な行状を聞かされて、義久は早くここから逃げ出したかったのである。

「いいえ。わたくしの方こそ。失礼しました」

久米緋紗江も立上がった。

「では、またご縁がありましたら……」

「ご家族のみなさまに、よろしくお伝え下さい」

「ご幸福に……」

別れの挨拶《あいさつ》は簡単だった。義久と久米緋紗江は、応接室を出たところで、すぐ背中を向け合った。

あの女に、もう二度と会うことはないだろう──と、義久は工場の門へ向いながら思った。久米緋紗江は、小山田家にとって所詮《しょせん》は無縁の存在なのである。今後、会う必要がどこにあるだろうか。

晴光が久米緋紗江のことを口にした時、忠志が『兄貴に失恋して保健所をやめた人だ』と冷やかしていたが、やはり忠志が言った通りだったのだ。一人の人間が死ぬと、生前は知られてなかったことが、次々にほじくり返されてゆくものだ──と、義久は一つの教訓を得たような気がした。

下北沢の家へ帰りつくと、濡《ぬ》れた手をエプロンで包んだ涼子が玄関へ出て来た。

「お母さんは？」

義久は靴をぬぎながら、まずきく。

「相変らずよ。お昼に、ご飯二杯食べたけど……」

涼子が張りのある声で答える。

「忠志は？」

「午後から出て行ったわよ。就職口を捜すんだって」

「働くつもりかい」

「でしょう。でも、無理ね、きっと。お兄さんの事件を知っている会社では、絶対に雇ってくれないもの」

「そうとも限らんさ」

「でも、最近、ご用聞きが一人も来なくなったのはどういうわけ？」

「少しの間だけさ」

「ねえ、お姉さんがこの家を売って、どこか地方へ越そうって言ってるわ」

「地方へ行けば、人の口はもっとうるさくなる」

父と娘は廊下を歩きながら、素っ気《そけ》ない口ぶりで会話を続けた。

「それよりな、涼子。やっぱり久米緋紗江という女の人を銀座四丁目の交差点で見かけたって、あれは晴光の見違いだったよ」

「お父さん、緋紗江さんに会って来たの？」

「うん。ちょっとの間ね」

「久米緋紗江さんは、そんなはずはないって否定したわけね」

「二月十日から、十八日まで九州旅行に出かけていて、東京で人に見られるはずがないというわけだ」

「二月十日から十八日まで、九州にいた……？」

茶の間へ入って、義久がいつもすわる位置に座布団《ざぶとん》を据えた涼子は、そのままの姿勢で父親を見上げた。視線が険しかった。

「うん。恋人と旅行していたらしいね」

義久は退職金の入っている封筒と辞令を、テーブルの上に置いた。テーブルの上には、厚味のあるアルバムが投出されてあった。誰が出して来たのか知らないが、それは晴光の写真が主になっているアルバムだった。

「偶然すぎるわ」

小さな声で涼子が言った。

「何が？」

義久は、ピースをポケットからとり出した。

「二月十日から十八日まで九州にいた……。その間に、お兄さんの事件が起っているのよ。しかも、お兄さんは二月十五日に銀座四丁目の交差点で、久米緋紗江さんを見かけたって言ってるんだわ」

「だから、晴光の見違いだってことが立証されるわけさ」

「お父さんは、久米緋紗江さんの言うことを信じた上で、ものを見ているのよ。二月十五日前後、久米緋紗江が東京にいたっていうなら、まだいいのよ。ところが、はるか遠くの九州にいたなんて……ちょっと出来すぎているとは思えないかしら？」

「久米さんっていう人には、嘘をつく必要なんてないだろう？」

「そんなことないわ。久米緋紗江さんが、もし今度の事件に関係しているとしたら、幾らでも嘘をつくはずよ」

「そんな馬鹿なことを……涼子は、想像がすぎているよ」

「とは言いきれないわ。お兄さんと久米緋紗江さん、お兄さんと長谷部綱吉っていう人。この線で、三人には繋《つなが》りがあるんだし、事件の前日に、お兄さんは久米緋紗江さんの姿を東京で見かけたと言ってるのよ。その緋紗江さんが、実は九州にいたんだなんて……変よ、どうもおかしいわ」

「しかし、久米さんという人の言葉を信じないわけにはいかないね」

「ねえお父さん……」

何かを思いついたらしく、涼子はふと目を輝かした。

「久米緋紗江の髪の毛について、覚えている？」

「髪の毛？」

「長かった？　それとも短い？」

「長かったよ。肩のあたりまで、たらしていたな」

「やっぱり……。ねえ、お兄さんが二月十五日の午後、銀座四丁目の交差点で久米緋紗江さんを見かけたっていうのは事実よ」

涼子は断定的に言って、テーブルの上のアルバムを手許《てもと》に引寄せた。

高千穂という名称

涼子の自信にみちた口ぶりに、義久も引込まれた。義久は、涼子の手許をのぞき込んだ。

涼子はアルバムを開いた。

「この写真、分るでしょ？」

涼子は、手札型の写真の一枚を、指で示した。写真では、並んで立った男女が笑っていた。男は晴光であり、女は間違いなく久米緋紗江だった。ハイキングにでも出かけた際のスナップらしく、写真の二人は軽装である。

「うん……」

義久はうなずいた。しかし、涼子が言わんとすることの察しはつかなかった。

「お父さんが今日、会って来た緋紗江さんの髪の形と、この写真とではすっかり違っているわけでしょう?」

「まるで、違うな」

写真の久米緋紗江の髪の毛は、ショート・カットされている。平凡な髪形だった。しかし、今日の彼女の髪は、すっぽり肩をおおってしまうくらいに長かった。義久のように、そうしたことに無関心な男の印象にさえ残るほど、見事な髪の毛だったのである。

「この写真を撮《と》った日付を見ると、二年とちょっと前に写したものなのよ。つまり、久米緋紗江さんが新橋保健所をやめる少し前ごろね……」

「そのころ、彼女はこういう髪をしていたんだろう」

「当り前だわ、そんなこと。ところがね、お兄さんは二月十五日の夜、今日、久米緋紗江という女を二年ぶりに見かけたと言ったのよ。二年間、お兄さんは久米さんに会ってないわけね」

「この写真を撮ったころが、最後だったわけだな」

「そう……。女って、ときどきヘア・スタイルを変えたくなるものよ。久米さんも、この当時から髪の毛をのばし始めて、近ごろみたいなヘア・スタイルにしたんでしょう。でも、その間、ずっと会っていなかったお兄さんにしてみれば、久米さんの髪の毛がそんなに長くなったということを知らなかったはずでしょう?」

「そうだな」

「ところがお兄さんは、銀座四丁目の交差点で見かけた久米さんの髪の毛は長かったって、ちゃんと言い当てているのよ。見違いとか、錯覚という場合には、当然、自分が知っているころの相手を頭に描くと思うわ。お兄さんは、現在の久米さんのヘア・スタイルを言い当てたくらいなんだから、やっぱり久米さん本人を見かけたんだって解釈すべきじゃないかしら……?」

「なるほどね」

義久は、涼子の判断にも一理ある、と思った。

まったく予期していなかった人間に会った場合、顔は二の次にして、まず背丈《せたけ》、服装、歩き方などから相手を判断して、声をかけるのではないだろうか。

だから、声をかけた相手が人違いだったりすることもあるのだろう。しかし、晴光は髪の形がまるで違っているという不利な条件がありながら、久米緋紗江だと見てとったのである。

従って、晴光が見かけたという久米緋紗江は、当人だったに違いないと、涼子は主張するのだ。

「久米さんにそっくりで、しかも髪の毛の長い女を晴光が見かけたなんていう偶然は、あり得ないだろうしな」

「そうなのよ」

父が自分の意見に同調してくれたことに満足を覚えたのか、涼子は胸をそらしてアルバムを閉じた。

「すると、久米さんは嘘《うそ》をついていることになるな」

義久は、神妙な顔つきでいた久米緋紗江を思い浮べた。

「大変な嘘よ」

「しかし、どうしてあの人は、そんな嘘をついたんだろうか？」

「何度も言うように、久米さんは二月十五日に東京にいたということを、知られたくなかったからよ」

「なぜだろう？」

「その点を、わたし、調べてみたいのよ」

「調べるって、われわれの手でかい？」

「そうよ」

「出来るかな」

「やってみることよ。わたし、瀬田さんとも二度ばかり会って、いろいろと相談してみたんだけど……」

「瀬田さんと？」

「ええ……」

一瞬、涼子は目を伏せた。義久は、娘の表情に恥じらいが走るのを見た。

「だって、瀬田さん、お兄さんみたいでとても頼り甲斐《がい》があるんですもの……」

と、涼子は弁解じみた言葉をつけ加えた。瀬田大二郎は、晴光の通夜の時も告別式の際にも、長男代りになっていろいろと世話を焼いてくれた。晴光の友人であり、かつて小山田家にいて家族同様の待遇を受けていた瀬田大二郎にしてみれば、そんなことは当然かも知れない。

しかし、世間の冷やかな目を意識している小山田家の家族にとっては、瀬田大二郎の好意がうれしかった。

いい青年だと、義久も好意を抱いていた。確か独身だと聞いたが——と、義久は突然、妙な考えを念頭に置いた。それは、瀬田大二郎が涼子を妻に迎えてくれないだろうか、という漠然《ばくぜん》とした期待かも知れなかった。

「瀬田さんの意見は、どういうことなんだい？」

義久は、涼子に羞恥心《しゅうち》を自覚させないように、さりげなく言った。

「瀬田さんは、久米緋紗江という女の、二月十五日前後の居場所を探って、アリバイを確かめるのが第一だと言うの」

涼子の瞳《ひとみ》が、生き生きとして来た。瀬田大二郎に関してしゃべっているのが、よほど楽しいのに違いない。

兄を失って心のうちで欠けたものを埋めるような気持から、涼子はすでに瀬田大二郎を愛し始めているのではないだろうか。義久はそんな涼子を、愛《いと》しく感じた。

「だから、久米さんがそのころ、九州にいたと言張るなら、九州まで行ってみるつもりなの」

「涼子一人でか？」

「頼めば、瀬田さんも一緒に行ってくれると思うのよ」

「うん……」

「それからもう一つ……。このことは瀬田さんも気がつかなかったらしいけど、わたし西銀座のバーで働いている、梨香っていう女の人にも会ってみようと思っているのよ」

「その人に会ってどうする？」

「話を聞いてみるの」

「しかし、あの人のところへは警察がさんざ足を運んだんだよ。それでも、彼女はどうしてもしゃべろうとしないそうだ」

「だって、お兄さんが生活の面倒を見て上げていた人でしょう。わたしが行けば、何か話してくれると思うわ」

凉子は張切っている。九州までも行こうという勢いだ。晴光は犯人ではないという肉親の確信が、勝気な凉子を動かすのだろうか。それとも、若さだろうか。あるいは、恋をしている女には、こうした意欲が与えられるものなのかも知れない。

「いや、その梨香という女性には、お父さんが会ってみるよ」

義久は言った。凉子に刺戟されて、安穏な気持で構えてはいられなくなったのである。

義久には、もう職がない。家の中に閉じこもっている手はなかった。それに、久米緋紗江の『嘘』に、興味を持ったことも事実であった。

万事に保守的である義久にしてみれば、異常な転換だと言えた。

「そう……」

凉子はあえて、父の言葉には反対しなかった。どうしても自分で梨香に会いたい、というほどの執着はないはずである。凉子の気持は、九州行きに九分通り傾いているのだ。凉子が茶ダンスの上から、日本分県地図を引張りおろすのを見て、義久はそう思った。

「ずいぶん、気が早いな」

義久は苦笑した。だが涼子は、父の冷やかしなどにはとり合わず、熱心に地図をめくっていた。

「久米さん、九州のどこに行っていたと言うの？」

九州各県の地図を見くらべながら、涼子が訊いた。

「大分、宮崎、鹿児島のあたりを回っていたそうだよ。恋人と二人でね」

義久は、口許に羞恥のゆるみを漂わせた久米緋紗江を思い出した。

「恋人と二人で？」

「そんな口ぶりだった」

「じゃあ、その恋人という人に会わせてもらえたら、久米さんのアリバイははっきりするんじゃない？」

「そんなことを頼んだら、久米さんも怒るだろう。警察から容疑者と見られて、調べられるのとは事情が違う」

「でも……」

と言いかけて、涼子は声をのんだ。地図に向けられている涼子の視線が、そのまま固定していた。何かを発見した時の興奮が、彼女の眼差しに熱っぽさを加えていた。

「どうした？」

義久は首をのばして、涼子の手許へ目をやった。涼子が凝視《ぎょうし》しているのは、宮崎県の部分であった。

「お父さん……」

涼子は、指の先で地図の上をつっ突いた。

「殺された長谷部綱吉っていう人が経営していた料亭は、高千穂、だったわね」

「そうだ。高千穂という料亭を、二軒持っていたんだ」

「ねえ、これも偶然の一致なのかしら？」

「何だ？」

「宮崎には、高千穂という地名が多いわ。ほら……」

「日本建国の神話伝説、起源の地だからな。日向《ひゅうが》、高千穂、霧島などの名称は、あらゆるところに使われているだろう」

「高千穂町、高千穂峡があるし、霧島国立公園には高千穂峰があるわ。ね？」

「うん」

「東京に店なんかを持っている人で、出身地の代表的な地名を商標や屋号に使うって、よくあることじゃない？」

「すると……」

「長谷部綱吉っていう人の郷里が、宮崎県だったとしたら……」

「高千穂なんて、料亭の名称には、ふさわしくないからな。経営者が宮崎県の出身だったということは、あり得るよ」

「ねえ……殺された長谷部綱吉っていう人の出身地が宮崎だった。久米緋紗江も、宮崎近辺を旅行していたと言っている。九州という一点で、久米緋紗江と長谷部綱吉は結びつくんじゃないかしら」

「涼子、確かめてみよう」

義久は立上がった。涼子のこの思いつきは重大であった。晴光は二月十五日の東京で、久米緋紗江を見かけたと言っている。この晴光の言葉を信じよう。とすれば、そのころは九州にいたという久米緋紗江は、明らかに出鱈目《でたらめ》である。なぜ、久米緋紗江は、そのようにいつわらなければならなかったのか。

その理由は、長谷部綱吉殺しに関係のあることではないだろうか。九州旅行をしていたということ、九州の出身者であるということ——これが、もはや意味もない偶然の一致だとは考えられないのである。

涼子は、久米緋紗江に『さん』をつけて呼ばなくなっていた。それだけ、久米緋紗江を敵視せずにはいられない裏付けが固まって来たのだった。

義久は、銀座の料亭『高千穂』へ電話をかけた。料亭の経営はその後、長谷部綱吉の妻が名目だけの店主となり、一切は支配人に任されてあるということを聞いていた。

義久は、電話に出た女の子に、支配人を呼んでくれるよう頼んだ。演技は苦手だった。しかし、どうしても芝居が必要である。義久は懸命だった。それでも顔が熱くなり、声は震えがちであった。

「支配人ですが、どちらさまでしょうか?」

落着きはらった男の声が、電話に出た。

「宮崎県人会の者なんですが、宴会の場所を捜しているうちに、高千穂の経営者が宮崎の出身だと聞いて、どうせなら同県人にもうけてもらった方がいいということになって、実はおたずねするわけなんですが……」

義久は手の甲で、額をこすり続けながら言った。

「はあ、それはどうもお心使いをいただきまして、恐縮でございます。ご承知ないのかも知れませんが、当店の経営者は先月亡くなりました。しかし、故人が宮崎県の都城《みやこのじょう》の出身であることには間違いありません」

「都城……」

「はあ、先月の初旬に郷里へ帰っておりますから、確かでございます」

「先月の初旬に、郷里の都城へ帰られたんですか？」

「はあ」

「それは……それは、二月の何日ごろだったでしょうか？」

「ええと……、二月八日に飛行機で宮崎へ向いまして、帰京したのは二月の十二日だったと思いますが……」

「どうも……宴会のことは、後日また改めて申込みますから……」

電話を切ってから、義久はしばらくの間、胸の動悸《どうき》がおさまるのを待っていた。長谷部綱吉は二月八日から十二日まで、久米緋紗江は二月十日から十八日まで、同じ九州の宮崎県、またはその近辺にいたことになるのである。

虚栄の罪

義久が西銀座の『ロンリー』というバーへ出かけて行ったのは、翌日の夜だった。義久としては、精力的な行動の連続であった。

涼子との話合いによって、二月十五日の東京銀座で久米緋紗江を目撃したという晴光の言葉は事実らしい点、殺された長谷部綱吉が九州宮崎の都城市出身だったという点、長谷部綱吉と久米緋紗江が同じ日に九州の宮崎県にいた可能性が強いという点、などを確認することが出来た。

これによって、長谷部綱吉と久米緋紗江、それに晴光を結ぶ関連性が、ある程度、目に見える糸となって浮び上がって来たわけである。

的確に急所を突き、次々にベールをはぎとって行くような気持の盛上りがあった。義久は、次の行動を起さずにはいられなかったのである。まさに、余勢をかっての感があった。

バー『ロンリー』は、数寄屋橋と帝国ホテル脇の道路を結んだ一線上に位置していた。このあたりは、バーやクラブの密集地帯であった。小学校があるのに、夜になると学校の周囲は駐車する自動車で埋められる。ビルが林立しているが、それらはバーやクラブのための貸ビルといってよかった。

『ロンリー』も、四階建のビルの二階の一部を占めているバーだった。カウンターのほかにボックス席があり、ホステスが十人ばかりいるという、このあたりでは何の変哲《へんてつ》もないバーの一つであった。

義久がこの店を捜し当てたのは、七時すぎである。まだホステスたちが、手持ち無沙汰《ぶさた》でいる時間だった。

「いらっしゃいませ」

と、大勢の女の声に迎えられて、義久はとまどった。こうした店へ足を運んだ経験はあまりない。日本酒好みの義久だから、バーの雰囲気《ふんいき》にもなじめないのだ。銀行にいたころ、仕方なく付合ったことが何度かあるだけだった。

義久は隅の席へ、押込められるようにすわった。五人ほどのホステスが、まわりをとりまいた。スカートが花開くように、義久の周囲で揺れた。

「何をお飲みになります？」

右脇から身体を寄せて来た女が言った。

「ビールをもらいましょう。それから、梨香さんという方は……来てますか？」

義久は、ホステスたちの顔を見回した。

「わたくしですが……」

今、義久に注文を訊いて、立ちかけた女が振向いた。大きい目がきつい感じで、現代向きの形のいい唇をしている女だった。

「あなたが梨香さんですか……」

義久は、胸と腰が『く』の字に盛上がっている梨香の、煽情的《せんじょうてき》な肢体《したい》を見やった。こういう女が、生活の面倒を見てやるほど息子の好みのタイプだったのか、と義久は胸のうちで頷《うなず》いた。久米緋紗江と梨香には似通ったところがある。

「何か、ご用ですか？」

梨香は、警戒するように眉《まゆ》をひそめた。また刑事が来たのでは――と、思ったのに違いない。

「わたしは、小山田晴光の父親ですが……」

「小山田さんの……！」

梨香は、驚きの表情を示した。

「あなたを調べに来たのではありません。もし、晴光に対して少しでも情がおありでしたら、本当の話をあなたから、うかがいたいと思いましてね」

「はあ……」

梨香は腰を落すようにして、身体を席に戻した。気をきかしたのだろう。義久の周囲にいたホステスたちは、無言のままカウンターの方へ引揚げて行った。

二人きりになると、梨香は俯向《うつむ》いてしまった。まるで先生に呼びつけられた小学生のような、しおれ方であった。

「あなたは、晴光の告別式に顔を見せてくれませんでしたね」

梨香の気持を柔《やわ》らげるつもりで、義久は言った。

「わたくしなんかが行くと、かえってご迷惑だろうと思ったから……」

梨香はますます、頭を深くたれた。この女には、何か罪の意識があるのではないか、と義久は思った。刑事の質問に対して、頑《がん》として口を割らなかったという高姿勢は、まったく感じられなかった。梨香は晴光の肉親たちに限って、悪いことをしたという気持があるのかも知れない。だとすれば、梨香はどのような罪を犯したのだろうか。

「警察では、あなたが晴光に頼まれて、高千穂の支配人に長谷部さんと会う手はずを整えるよう電話したのだ、と見ているらしいんですが……」

「そんな事実は、絶対にありません。だから警察の人にも、はっきり知らないと言ったんです」

梨香は顔を上げて、かなり強い口調で否定した。嘘のない顔である。もっとも、この点を認めたとしても梨香は晴光の共犯者と決められるわけではないのだから、意味もなく嘘をつく必要はないはずだった。

「でもね、あなたのほかに晴光が特別親しくしていた女性は、一人もないんです。それで電話の声が女だったとなると、あなた以外には考えられないんでしょう」

「わたくしだって、小山田さんとそんなふうに親しくはしてませんでした」

「それは、どういう意味です?」

義久は目を見はった。

晴光は梨香のためにアパートを借りて、生活費さえも与えていたのである。つまり、愛人だったのだ。当然、肉体交渉もあっただろう。妻のいない晴光だから、梨香こそ最も親密な女性だったと言えるのではないか。

しかし、梨香は晴光とそれほど親しくはなかったのだと口走った。わけの分らない話である。

「つまり、親しいと言っても限界があるという意味なんです」

梨香は視線を宙に迷わせてから、顔をそむけた。明らかに狼狽したのである。言ってはならないことを、ふと口にしてしまった時の狼狽だった。

「しかし、あなたは……晴光と……」

義久は口ごもった。梨香は答えなかった。下唇を小さな歯で嚙《か》んだまま、沈黙を続けていた。

「梨香さん、というのは本名ですか？」

気をとりなおす意味で、義久は話を変えた。

「いいえ。本名は岡本カズ子です」

答えた梨香の表情は暗かった。

「お幾つですか？　失礼だけど……」

「二十一です」

「東京の方ですか？」

「いいえ、新潟の生れです」

「家族は？」

「おりません」

「じゃあ、東京では一人暮しなんですね？」

「麻布三の橋のアパートに住んでいます」

「そのアパートが……晴光が費用を出して借りていたという……」

「違います」

「違う？」

「小山田さんは、わたくしにせがまれて、三度ぐらいアパートへ来てくれただけなんです……」

「何ですって？」

「小山田さんから生活費をもらっていたなんてことも……みんな、わたくしの作りごとなんです。小山田さんは、ただここへ飲みに来るだけで……わたくしに頼まれて、冗談半分に……わたくしの愛人みたいに振舞っていたんです。店の人たちも、そうだと思い込んでいたし、わたくし自身、さんざん吹聴したことだったので、あとになって小山田さんとのことは全部嘘だなんて言えなくなってしまったんです。事件があってからは、小山田さんに申訳ないと思って、何度お店をやめようとしたか……。でもお店をやめると、かえって警察に怪しまれるんじゃないかって……。刑事さんには、本当のことを話そうって決心したんですけど、いざその時になると……嘘をついていたと分ってから、みんなに顔を見られるのが恐ろしくて、どうしても言えなかったんです」

梨香は、話に区切りをつけずに喋《しゃべ》り了《お》えた。泣きそうになるのか、手にしたハンカチを幾度か額のあたりへ持って行った。声を低めて単調に喋るので、梨香の苦悩ぶりが一層強く感じとれた。

ほかにも客が入ったたし、レコード音楽が高められているから、梨香の声は義久以外には伝わらなかっただろう。

半ば茫然《ぼうぜん》となり、半ば圧倒された気持で、義久は口を開いた。

「なぜ、そんな作りごとをしたんです?」

「怒らないで下さいね……」

ここで、梨香はついにハンカチを目に当てた。

「すんでしまったことです。あなたの嘘が晴光を死なせたわけではなし、怒りはしませんよ」

義久は、梨香の膝《ひざ》を軽くたたいた。

「一種の見栄《みえ》だったんです」

「愛人がいることを隠すなら分りますが……何のための、見栄なんです？」

「わたくしたちには、男性がつきものなんです。恋人、愛人、パトロンといった意味の男の人……そうでなければ正式のご主人。誰にだって、男の人がいます。別れても、すぐ次の恋人が出来ます。つまり、言換えれば、わたくしたちはそれだけ男の関心の的になっているのだし、それだけの魅力がなければいけないということなんです。だから、どの男性からも誘惑一つされたことがないなんて、とても寂《さび》しいし……恥ずかしい場合もあるくらいで……周囲の人たちから、軽蔑《けいべつ》されているのではないかって思う時もあります」

「あなたに惹《ひ》かれる男がいないことの方が信じられませんよ」

「でも……駄目なんです。わたくし、普通の女じゃないんです。不具者です」

「どういうふうに？」

「高校卒業の年に、火のついた蚊帳《かや》に包まれてしまって、大火傷《おおやけど》をしました。命も危いと言われたくらいの、ひどい火傷でした。二の腕だけは皮膚の移植で胡魔《ごま》化せましたけれど、肩から胸、お腹、背中などのケロイドは手のつけようもなく、そのままなんです。顔だけ両腕で被《おお》ってましたから、異常なくすんだんですけど、この火傷のために、ちゃんとした会社には就職出来ませんでした。採用してくれません。接客業は勿論《もちろん》、駄目です。それで田舎にはいられなくなって、東京へ出て来ました。東京も同じでしたけど、このお店のママが親切な人で、お客さんに不快感を与えないようにするっていう条件で使っていてくれるんです。今ごろはまだいいんですけど、夏が近づくと傷跡を隠しきれなくなります。包帯を巻いたり、オープン・ネックの服は着ないようにしたり、いろいろと工夫はしますけど、どうしてもお客の目についてしまうんです。それにお店の人たちも知ってますし、何となくお客さんの耳に入ります。表面は普通に扱ってくれます。でも、酔った勢いでも、わたくしを誘おうとする男の人は……いませんでした」

「晴光は、そのあなたに同情したわけですね？」

「酔ったお客が、わたくしのことを侮辱《ぶじょく》したんです。その時、小山田さんがとても怒って……目で見た美しさが女の全《すべ》てじゃない。ぼくは彼女を愛している。だから、彼女の面倒を見ている。そんなぼくを馬鹿だっていうのか……こういう意味のタンカをきったんです。わたくし、うれしくて泣きました。ところが、このことがお店の人やお客さんの間で評判になってしまって……」

「あなたは、晴光に頼んだ？」

「ええ。小山田さんは笑いながら、お安いご用だって引受けてくれて……それ以来、小山田さんの愛人はわたくしだ、で通して下さったんです。小山田さんも、きっとあんなことになるとは予想していなかったから、わたくしの馬鹿げた頼みを聞いてくれたんだと思います」

梨香の長い説明は終った。義久は思わず、詰めていた息を、音をたてて吐き出した。胸に、言いようもない虚脱感が残った。

一口に言えば、非常識で軽率《けいそつ》で馬鹿馬鹿しい梨香の虚栄であった。しかし、同時に笑ったり責めたりすることもまた出来ない、虚栄ではないだろうか。

梨香の立場は特異であった。常人には理解出来ない感情の動きや、心理的作用があるのに違いない。容貌は十人並み以上でありながら、二十前後の娘の肉体に癒《い》やすことの出来ない傷跡がある。働くことも制限され、同性に対してはひがみ、男からは敬遠される若い女の孤独感は、たとえようもないだろう。

恐らく、梨香は何度も自殺を考えたに違いない。それだけ苦悩する罪が、あったわけではないのだ。宿命というものだろうか。晴光の死と同じように。梨香は『突然の明日《あした》』を迎えただけなのである。

「もしかしたら、警察の人に本当のことを話せるかも知れません」、義久をビルの外まで送って出て来た梨香は、別れ際にそう言って、引きつるような笑いを見せた。

梨香が事実を述べたからと言って、晴光の容疑が薄らぐとは考えられなかった。ただ身分不相応な金の浪費はしていなかったということが、立証されるだけである。しかし、世間はそれなら別のところで大金を使っていたと見るかも知れない。義久は今さらのように、死人に口なしということを痛感した。冗談も当人が死ねば事実とされてしまうのだ。

義久は振返った。まだビルの入口に佇《たたず》んでいる梨香の姿が見えた。花やかなネオンに彩られてはいるが、義久は東京の夜景に空漠《くうばく》感を覚えた。

アリバイ表

小山田家には、再びゴタゴタした一週間が続いた。義久が梨香に会った日の翌日——三月五日、悦子が自殺を計ったのである。

悦子が沈みきっているのは、家族たちにも分っていた。また、そうなるのも無理はないと、義久や涼子はなるべく悦子に触れまいと心掛けていたのだった。

それがかえって、逆効果だったらしい。生来が無口な悦子ではあったが、それは賑《にぎ》やかな周囲の中で自分だけが口をきかないといった性格だったのである。誰もが声をかけなければ、悦子は本当に孤立してしまう人間であったのだ。

縁談が駄目になったことは、回りの者の予想以上に、悦子にとってひどい衝撃だったようだ。どことなく古風な悦子のことだから、見合いだとは言え、結婚すると決った相手の男を生涯の伴侶《はんりょ》と思い込んでいたのではないだろうか。

晴光の事件によって、その婚約はあっさりと解消された。勤めにも出られなくなった。人と会おうともしないし、家の外へは一歩も出ない。明日に何の期待もなく、今日がすぎて行くのを待つ。

気の弱い悦子には、そういう毎日が耐えられなかったのだろう。絶望感から自殺を計るという、最も安易な解決方法を選んだのである。

悦子はその日、昼食はいらないと言って二階へ上がってしまった。忠志は相変らず家をあけているので、二階には誰もいなかった。悦子はそれからすぐ、睡眠薬を飲んだらしい。この睡眠薬は、雅子が眠れないからと言って涼子に買って来させたものだということが、あとで分った。

悦子は用量五錠から七錠というこの睡眠薬の、残っていた分、八十錠あまりを全部飲んでしまったのだ。悦子の様子が変だと気がついたのは、夕方帰宅して二階へ上がって行った忠志だった。

「おかしいよ。すごい鼾《いびき》をかいて眠っているし、揺り動かしても起きないんだ。そばに睡眠薬の空ビンとヤカンが置いてあるしさ」

忠志の報告を聞いて、義久はすぐ自殺を計ったのに違いないと思いついた。義久は電話で医者を呼んだ。救急車を頼んだ方が簡単だったが、あまり近所に目立つようなことはしたくないという気持があったのだ。

診察した医者は、至急、入院させた方がいいと言った。鼾がひどいし、意識をまったく恢復《かいふく》しないからだった。たまたま、その医者の医院が入院に応じられるというので、そこへ悦子を運ぶことにした。

その夜遅く、涼子が怒ったような顔つきで医院から引揚げて来た。

「胃洗滌《せんじょう》もすんだし、生命に別条なしですって」

涼子は、まるで姉が死ななかったのが悪いみたいな言い方をした。

「二、三日、静養すればいいというわけだな」

義久はホッとした気持になった。ここでまた娘に死なれて、葬式を出すようなことになったら本当に救われない。今度は妻が発狂するかも知れないし、義久自身、死んでしまいたくなったことだろう。

「忠志兄さんは？」

「八時ごろ、電話がかかって来て、出かけたようだ」

「まったく暢気《のんき》ね。いい気なもんよ。お姉さんだって、だいたい贅沢《ぜいたく》よ。自殺しようなんて……。自分のことっきり考えていないんだわ」

「まあ、そう言うなよ、涼子」

「わたし、大鼾をかいているお姉さんの顔を見ていて、何だか知らないけど、口惜しくて泣けて来たわ」

わけもわからず、ただ口惜しくて涙が出た――という。涼子の気持は義久にも呑《の》み込めた。自分の家庭や周囲に、陰惨《いんさん》な出来事ばかり続いて起ると、自分だけがどうしてこうも苦しまなければならないのか、と口惜しくなるのである。

涼子の憤慨《ふんがい》はともかく、悦子の自殺が未遂に終ったことは、不幸中の幸いであった。それでも、立騒いだ波がおさまって、小山田家の水面がすっかり静まるまでには、一週間を要した。

悦子の気持が完全に落着くまでは、目を放せなかったし、この騒ぎを雅子に察知されまいとして大変な気の配りようだったのである。どうにか悦子も、雑誌を広げるくらいの平静さをとり戻し、何も知らない雅子が床の上にすわり込んで笑顔を見せるようになったのは、三月も中旬に入ったころであった。

三月十四日、義久は一通の封書を受取った。表書きは、明らかに女の筆跡であった。裏を返してみると『都内品川区東品川五丁目大洋化学東京本社・久米緋紗江』と記されてあった。

久米緋紗江が手紙をくれるとは意外だ、と首をひねりながら義久は封を切った。


先日は大変失礼致しました。また、このたびは鄭重《ていちょう》なお手紙を頂き、恐縮でございます。ご質問の件につきましては、お答えする必要はないという気持もございましたが、隠しているると思われては心外ですので、出来るだけ事務的にご返事を差上げることに致しました。

まず、九州旅行に際しましての、わたくしの同行者でございますが、あなたさまがそこまで質問される権利はなく、またわたくしにも私的行為についてご報告する義務はないわけでございますが、一応、世間話をするつもりで、こうお答えしておきます。

男性で、名前は杉浦出来夫《できお》、年齢は三十二歳。職業は観光会社の社員と自称しておりました。住所は東京都内だと思いますが、詳しくは知りません。

九州を一緒に旅行しながら、相手の男性の職業も住所も正確に知っていないはずはないと、おっしゃるかも知れません。でも、決して嘘ではないのです。

ご理解頂けるかどうか分りませんが、わたくしという女は、平気でそうしたことをやってしまうのです。自堕落《じだらく》で奔放《ほんぽう》な女だと言われても仕方がありません。

同行者と言っても、その男性と東京から一緒だったわけではないのです。わたくしは九州旅行の往復に、飛行機を利用しました。旅行に乗物に乗っている時間を食込ませるのが、もったいなかったからです。

杉浦さんという人とは、伊丹の空港で福岡行の便を待っている時に知合ったのです。福岡に着くまでに、すっかり親しくなって、それから先もご一緒することにしました。とても愉快な方で、九州にも詳しい人でしたから、わたくしとしても同行して頂くには便利だったのです。

九州旅行中に、わたくしと杉浦さんという方の関係がどこまで発展したかについては、ご説明する必要もございません。

では次に、ご要望通り、わたくしの九州旅行の行動日程をご紹介致しますから、ご納得《なっとく》の行くまでご覧下さいませ。

二月十日

十一時羽田発。十二時十分伊丹着。十二時五十分伊丹発。十四時二十分福岡着。全日空機に乗換えるまでの間、空港で杉浦さんと話合い、意気投合。十五時三十分福岡発。

十六時四十分鹿児島着。宿泊先、鹿児島市内『白勢園旅館』杉浦さんと同宿。
二月十一日
朝早く鹿児島を出発、自動車で桜島などを見物してから宮崎県へ向う。国分市や霧島町を通過、霧島国立公園の南端をかすめて宮崎県へ入り、荘内町から都城市へ抜ける。都城市の旅館『梅枝』に宿をとり、更に瑞穂市まで馬踊りの見物に行く。同夜十時頃出火した例の瑞穂市の大火にぶつかり、避難用のバスで都城市へ逃げ帰って来る。終日、杉浦さんと行動をともにして、同宿。
二月十二日
朝早く都城市を出発して車で霧島国立公園を縦断。小林市を経て宮崎市に到着し、休息してから宮崎発十七時九分の準急日南で別府へ向う。終着別府についたのは二十一時。旅館『菊丁苑』に杉浦さんと同宿。
二月十三日
午後から杉浦さんは熊本県へ向わなければならないというので、再会を約し正午前に別れる。疲れが出たのか、気分が悪いので、一日を『菊丁苑』で過ごし、東京へ電話したり、湯につかったりしてのんびりする。
同夜は一人で、そのまま『菊丁苑』に泊る。

二月十四日

別府市内を歩いたり、別府港へ行ってみたりして過ごす。大分市へも行ってみる。見物の一日。

同夜も『菊丁苑』に宿泊。

二月十五日

朝七時前に旅館を出る。遠くへ行くつもりはなかったが、駅へ来てみて急に宮崎の青島を見たくなり、そのまま七時五十八分発の準急に乗込んでしまう。宮崎着十一時三十七分。バスで、こどもの国、青島、日南海岸、鵜戸神宮などの観光地めぐりを一人で楽しむ。

宮崎市へ戻って来て、もう別府まで帰れる時間でないことを知り、仕方なく宮崎新観光ホテルの三〇八号室泊りということになる。

二月十六日

荷物は『菊丁苑』に置いたままになっているし、とにかく別府へ戻ることにする。宮崎発八時の特急かもめに乗り別府着が十一時二十九分。午後『菊丁苑』をひき払い、再び宮崎へ向う。宮崎の景観の素晴しさが、忘れられなくなったのだ。

十五時二分の急行ひかりで南下。十八時五十八分に宮崎につく。なれた旅館の方がいいと思ったので、宮崎新観光ホテルに泊る。この夜も、部屋は同じ三〇八号室だった。列車に乗ってばかりいた一日。

二月十七日

午前中に宮崎新観光ホテルを出る。宮崎市内の旅館『豊ふじ』に引移る。タクシーを頼み、もう一度、えびの高原へ行ってみる。霧のえびの高原で、一人、感傷に沈む。夜、宮崎の『豊ふじ』へ戻り、そこで一泊。

二月十八日

午前中は宮崎市内で、みやげものを物色。午後、宮崎空港十五時五分発の飛行機で九州を離れる。十六時四十分伊丹着。十七時伊丹発。十八時十分羽田着。

なお、念のためにつけ加えておきますが、九州旅行中、旅館やホテルの宿泊者名簿に記入したわたくしの住所と名前は、東京都目黒区清水町十五番地杉浦ヒサエ、となっております。最初、杉浦さんの妻ヒサエと便宜上書込んだので、一人になってからも、そのままで通してしまったのです。

義久はこの手紙を丹念に読んだ。読みおわって、彼は指の間ですっかり煙草《たばこ》が灰になっているのに気がついた。義久は灰皿を引寄せながら、鼻の穴をふくらませて息を吸込んだ。

涼子がやったことだ、と彼は思った。涼子が義久の名前で、九州旅行中の行動を明らかにしてもらいたいと久米緋紗江に手紙を送ったのに違いなかった。

「ただいまあ」

と、玄関で涼子の若やいだ声がした。リズミカルな足音が廊下を伝わって来る。間もなく、茶の間の前に涼子の姿が現われた。

「ねえ、お父さん、いよいよ九州行きを決行するわ。瀬田さんと細《こま》かい打合せをして来たの。明後日、出発ということにしたんだけど……」

興奮気味に、涼子は顔を輝かせて言った。赤い花模様のボウタイのブラウスに、ブルー地のシャネル・ルックのスーツという花やかな服装が、よく似合っていた。春になると若い女は美しくなるが、涼子も父親が目を見はるほど鮮烈な魅力に彩られていた。瀬田と二人で九州へ行くという、その期待感もまた彼女をみずみずしくしている一因なのだろう。

「久米さんから、手紙が来ている」

義久は、とやかく言わずに手紙を涼子に手渡した。

「やっと来たのね。五日も返事を寄こさないから、もう駄目だと思っていたわ」

「大分、オカンムリらしいな。皮肉が感じられる手紙だよ」

「そうね、まあ、あんまりいい気持で返事を書けるはずがないでしょう」

「非常に詳しく書いてある。それを読むと、久米さんのアリバイは完璧《かんぺき》だね。二月十日から十八日まで、毎晩必ず九州の旅館に泊っている。たとえ飛行機を利用しても、発着の時間の都合で、一日のうちに東京と宮崎県、大分県の間を往復することは不可能なんだから、そのアリバイ表はちょっとした壁というわけだな」

「とにかく、九州へ行って、実際に確認してみなければわからないわ。だから、ねえ、いいでしょう?」

「責任を持って行動するならね」

「充分、自覚してます。瀬田さんね、宮崎県の延岡にクジャク石鹸の九州工場があるから、そこへ出張ということにして行くんですって。それから、宮崎交通の観光部の企画課長さんが瀬田さんの友達なんだって。その人が案内してくれるそうだから、心細いこともないし……」

上機嫌《きげん》の涼子を眺めながら、なぜ義久の気持は暗かった。ひどく不安だった。

第三章　娘

九州へ

　涼子は、飛行機に乗るのは初めての経験だった。満員の機内を見回して、飛行機がいつの間にか一般的な乗りものになっていることに、彼女は気がついた。老婆《ろうば》もいるし、子供の姿もあった。飛行機にはなれているといった顔つきで、老婆も子供も平然とかまえている。

　怖《こわ》がるのは恥ずかしい、と思いながらも、飛行機が離陸するまでの涼子の胸はズキズキ鳴った。隣の席に瀬田大二郎がいなかったら、シートのベルトの締め方も分らない涼子だったのである。

　窓の外に、傾斜した東京湾の水面が見え、やがてそれが青空に変ると機体が安定したことをマイクの声が告げた。

涼子はベルトをはずしながら、思わず溜息《ためいき》をついた。瀬田大二郎は、タイプ印刷の書類を広げて目を走らせていた。気むずかしそうな横顔だった。涼子は目の隅で、タイプ印刷の文字を拾ってみた。

アンモニア鹸化法

本法は工業的にはなはだ興味あるものである。

脂肪酸をやや過剰のアンモニア水中に低温において添加攪拌《てんかかくはん》して、アンモニウム石鹸を作り、次にこれに塩化ナトリウムを投じて塩析《えんせき》を行う。

アンモニウム石鹸と塩化ナトリウムと複分解して曹達《ソーダ》石鹸を生じ、これとアンモニウム石鹸との混合物が塩析されて析出する。析出物を過剰の水に溶解して、再び塩化ナトリウムにて塩析する。

これを繰返せば、ほとんど純粋なる曹達石鹸を得るに至る。

廃液中に存在する塩化アンモニウムより、アンモニアを回収することが出来る。イタリアのミラノ市にある石鹸工場では、本法を実施して好結果を得たという。


あとは化学方程式らしい記号の羅列《られつ》であった。読んだところで、涼子に意味の分る書類ではない。クジャク石鹼の研究所員である瀬田大二郎の、仕事に関係した書類なのだろう。

「どう？　空の旅は……」

涼子の視線に気づいて、瀬田は書類を封筒におさめながら言った。瀬田が気安い言葉を口にするようになったのも、旅に出たという解放感からであるに違いない。

「楽しいわ」

涼子は肩をつぼめて笑った。事実、楽しかった。これが、幸福感というものだろうか。とにかく、いやなことは頭に浮んで来ないのだ。

羽田空港に見送りの人が来ていたら、二人は新婚旅行に出かける新郎新婦に見えたことだろう——と、涼子はそんな甘い空想をする。空想してから、自分は瀬田を愛しているのだろうかと一人で顔を熱《あつ》くしてしまう。今からこんなに浮わついた気持でいては、旅先で父が心配するような間違いを起してしまうのではないか、と勝手に不安がったりする。

羽田空港へは誰も見送りに来なかった。悦子も忠志も、涼子の九州行きにはまったく関心を持っていなかったし、雅子はまだ病床にいる。下北沢の家へ涼子を迎えに来た瀬田に、義久が何分よろしくと挨拶《あいさつ》しただけである。

どんな目的があって九州へ行くのか——と、涼子は弛《ゆる》みかける自分の気持を引締める。自然に瀬田の方へ傾きかける身体を、彼女は元へ戻した。

「これが久米緋紗江のアリバイ表なんだけど……」

涼子はバッグから、緋紗江の手紙を抜出して瀬田の膝《ひざ》の上に置いた。瀬田は手紙を黙読した。読み終って、彼は大きく頷《うなず》いた。

「一応、完璧だな。十日が鹿児島の白勢園旅館、十一日が都城の梅枝、十二日から十四日までが別府の菊丁苑、十五日と十六日が宮崎の新観光ホテル、十七日が宮崎の豊ふじ、十八日帰京……。九州各地に毎晩、泊っていたことは確かだ。それも、泊った旅館やホテルの場所と名前を明記している。ちょっと疑う余地がないみたいだ」

「父もそう言ってたけど、ここに書いてあることは事実かしら？」

「旅館やホテルの名前が、はっきり書いてあるんだ。そこへ行って確かめれば、すぐに分ることでしょう。調べればとたんにバレるような、子供騙《だま》しのアリバイを主張するはずがない」

「父が同じ日のうちに、宮崎と東京、大分と東京の間を往復するのは不可能だって言うんだけど、瀬田さんはどうお考えになる？」

「不可能だろうな。まず列車や自動車では絶対に出来ませんよ。飛行機を利用するほかはないですよね。九州にある飛行場というと……」

瀬田は全日空の時刻表を広げた。

「鹿児島、宮崎、長崎、熊本、大分、北九州、福岡の各市にあるわけです。久米緋紗江という人が仮に二月十五日に、九州から東京へ帰って来たとする。十四日の晩は別府の菊丁苑という旅館に泊ったのですから、十五日の早朝に旅館を出たわけです。大分空港発の飛行機は正午に出るのが、いちばん早い便ですね。これに乗る……」

「この二〇二便は午後一時四十分に大阪着だわ。連絡する東京行は二時大阪発ね」

「東京羽田空港につくのは、三時十分……。小山田君がこの日、銀座四丁目の交差点で久米緋紗江を見かけたのは何時ごろだったんでしょう?」

「兄は正確な時間を言いませんでした。でも午後には違いありません。白昼の銀座と言ってたから、午後一時から三時までの間と考えていいでしょう」

「すると、この飛行機では時間のズレがあるわけですね。羽田から銀座付近まで、第一京浜国道がどんなにすいていたとしても、最低三十分はかかる。この飛行機は三時十分に羽田着なんだから、銀座には午後四時近くでなければ行きつけなかった……。まあ、この点は不問にして、銀座に姿を現わした久米緋紗江がすぐその足で九州へ引っ返そうとしたとしましょう」

「十五日の晩は宮崎市の新観光ホテルに泊っているんですから、その日のうちに九州へ戻って来ているはずだわ」

「大阪までは日航の便もあるから、確実に行ける。しかし、九州まで行く飛行機で最後に大阪を出るのは、四時五十分の大分行なんです。四時前後に東京銀座近辺にいた人間が、大阪発四時五十分の飛行機に間に合うなんて……不可能ですよ」

「つまり、この四時五十分に大阪を出る飛行機に間に合わない限り、九州の地を踏《ふ》むことは出来ないというわけね？」

「ええ」

「日航機で福岡まで飛んで、福岡からは陸路というのは？」

「駄目ですね。福岡から宮崎までは、特急でも六時間ぐらいはかかります。それに、都合よく特急と連絡がとれるなんてことは、あり得ないからな」

「東京へ向うのに、大分発の飛行機を利用したとは限らないでしょう。久米緋紗江は二月十五日の朝七時に、別府の菊丁苑を出たと書いて来ています。それから列車で、もっと早く東京に到着する飛行機が出る空港へ行ったとも考えられるわ」

「なるほど……。朝七時に菊丁苑を出て、どこの空港へ向ったか。鹿児島、長崎、熊本、福岡の空港ではかえって遅くなってしまうから、これは除きましょう」

「宮崎か北九州の空港ね」

「宮崎の大阪行の始発は午後三時五分だから、宮崎は駄目。残るところは、北九州市の小倉空港だけだ」

「別府から北九州市まで、列車でどのくらいかしら？」

「特急で二時間たらずでしょう？」

「小倉空港発の飛行機は？」

「十時五十分発というのがあります」

「それが、いちばん早いの？」

「そう」

「東京着は？」

「連絡便で羽田空港には午後二時十分着です」

「それだわ。それだったら、二時四十分ごろに銀座に姿を現わせたわけでしょう？」

「しかしね、涼子さん。これでもやはり、帰りは間に合いませんよ。この日のうちに九州へ引っ返して来ることは不可能です」

「そうね……」

ふくらみかけた涼子の胸は、忽《たちま》ち萎《しぼ》んだ。義久も言っていたが、確かに厚い壁である。堅牢《けんろう》な久米緋紗江のアリバイ構成だった。とにかく、朝、別府から東京へ向い、その日の夜、宮崎に帰りつくということは不可能なのだ。一旦九州を離れて東京へ来たら、その日は東京か大阪に泊らなければならなかったのである。

だが、久米緋紗江は二月十五日の夜、宮崎市の新観光ホテルに宿泊している。ということは、とりもなおさず久米緋紗江が九州を離れなかったその証明なのである。

涼子はもう一度、久米緋紗江のアリバイ表を読み返してみた。二月十日から十四日までの分はどうでもいい、肝腎《かんじん》なのは、二月十五日の久米緋紗江の行動なのである。

「二月十五日の夜、宮崎の新観光ホテルに泊ったのは久米緋紗江本人ではなくて、別の人間だったというのはどうかしら？」

涼子は言った。苦しまぎれの思いつきだった。いや、こうした想定をするほかはないのである。

「さあ……」

瀬田は苦笑しながら首をひねった。

「十五日の夜、荷物を持たずに宮崎まで来て新観光ホテルに泊ったというのが、どうも気になるわ」

「なぜです？」

「それまで、別府の菊丁苑に三泊しているでしょう。菊丁苑へ別人を泊めたら、すぐ分ってしまうわ。それで、宮崎の新観光ホテルへ身代りをやり、久米緋紗江はその晩、東京泊り……」

「涼子さん、われわれは久米緋紗江を小山田君殺しの犯人と見ているわけでしょう」

と、瀬田が語調を改めた。

「それからわたくし、長谷部綱吉を殺したのも久米緋紗江だと思っています。久米緋紗江は九州にアリバイを作っておいて、長谷部綱吉を殺すために東京へ来た。ところが、兄に銀座四丁目の交差点で声をかけられた。兄に姿を見られてしまっては、九州に作ってあるアリバイがくずれてしまう。それで久米緋紗江は、長谷部綱吉ともども兄を殺そうと考えついたんです。兄の犯行と見せかける一石二鳥をねらって……」

涼子は口早に言った。

「その意見には、ぼくも賛成だ。しかし涼子さん、久米緋紗江が計画的に長谷部綱吉を殺さなければならなかった動機というものが、われわれには分らない。動機が分っていないのに、久米緋紗江の身代りになった女、つまり共犯者がいたと考えるのは早計でしょう」

「そりゃあそうですけど……」

「共犯者を使うなら、もっと効果的な計画犯罪が遂行出来たはずですよ。菊丁苑に荷物を置いたまま宮崎へ行ってしまったりしないで、ちゃんと菊丁苑をひき払ってから、あとは共犯者に任せればいいんだしね。それに、長谷部綱吉と小山田君が殺されたのは十六日の夜遅くだった。久米緋紗江が犯人なら、当然、十六日の夜も東京にいたことになる。しかし、彼女は十六日の昼、別府の菊丁苑へ荷物を引取りに行っている。これはもちろん、久米緋紗江本人だったはずでしょう」

「じゃあ、久米緋紗江はこの事件に無関係だったことになるわ」

「それを確かめに、九州へ行くんじゃないですか」

「もし、久米緋紗江のアリバイが確実だったら？」

「そりゃあ涼子さん、諦《あきら》めるほかはないですよ」

決りきったことを訊く——というふうに、瀬田は困惑の表情を見せた。涼子は割りきれない気持で、口を噤《つぐ》んだ。頭から久米緋紗江を殺人者と決めてかかっている自分に、不安感がないでもなかった。しかし、涼子は九州へ行けば何かあるという希望を、どうしても捨てきれないのである。

羽田発十二時十分のバイカウント機は、定刻通り伊丹空港に到着した。伊丹から十四時十分に、宮崎行の便が出る。一時間三十分で宮崎につく予定だった。

東京を離れたという実感をかみしめたのは、宮崎行の飛行機に乗ってからであった。視界良好だった。窓から羊皮紙のような海面が見下ろせた。涼子は、空から見た地上の鮮明さに感嘆した。海も島も山も、それに八方へのびている白い道も、そのまま造形美術品になっていた。とても、自然の配置とは思えなかった。

四国山脈の上を通過した時、涼子は東京との距離を考えた。やがて、高知市の上空へ出た。足摺《あしずり》岬を左に見て、再び海の上である。太平洋である。広かった。無限の空間と、水平線のない海だった。

ベルト使用のランプがつく。日向灘《ひゅうがなだ》から宮崎空港へ着陸の態勢に入ったのだ。あちこちの席で、サングラスをかける人の動きがあった。宮崎県は紫外線が強いところと聞いていたが、確かに眩《まばゆ》いくらいの日ざしである。東京であれば、真夏の明るさだった。

飛行機は大した震動も伝えずに着陸した。小さな空港で、ほかに一台の機影も見当らなかった。空港ロビーだけが、場違いの感じで豪華だった。ロビーで、涼子と瀬田を出迎えたのは、男二人に女が一人であった。

涼子はふと、自分に向けられたその女の視線に違和感を覚えた。女の目だけが、明らかに涼子を歓迎していないそれだった。

南国の夜の接吻

涼子は瀬田を見上げた。あの女は誰か——と、ききたかったのである。だが、そんな涼子の思惑《おもわく》などに頓着《とんちゃく》しないで、瀬田は大股にゲートを出て行った。

あちこちで、再会やら歓迎やらの挨拶《あいさつ》が交わされていた。観光団を出迎える旗やのぼりも見えた。

瀬田は両手をさしのべて、まず三十年配の眼鏡《めがね》をかけた男に近づいた。

「しばらく……」

「どうも……。こちらへ来られるという速達を、昨日、受取りましたよ」

男は形式的に瀬田の手を握りながら言った。この男が、宮崎交通の課長らしい。血色のいい男の顔を盗み見て、涼子はそう察しをつけた。

「ああ……」

と、瀬田は振返って涼子を手招きした。

「小山田涼子さんです。こちら、宮崎交通企画課長の渡辺さん……」

瀬田は二人を引合せておいて、四、五メートル離れて立っている男女の方へ移って行った。

「渡辺です。よく、いらっしゃいました」

宮崎交通の企画課長は、涼子に名刺を差出した。観光地では遠来の客に、よくいらっしゃいました、という言葉を挨拶に使うのである。

「小山田です。よろしく、どうぞ……」

涼子は、人のよさそうな若い課長に頭をさげながら、目で瀬田を追っていた。瀬田は四十男と若い女に笑顔で接している。男とは頭をさげ合い、女とは肩をたたいたり握手したりして親密の情を示しているのだ。

四十すぎに見える男は、背広を着てネクタイもつけている。穏和な顔つきだが、背広がどうも板につかないイガグリ頭だった。

女は若いというだけで、正確な年齢の見当はつかなかった。十八から、二十四、五というところだろうか。色の白い、目鼻立ちがはっきりした娘である。化粧次第では、美しくなる容貌《ようぼう》だった。おさげ髪で、ブルーのスーツを着込んでいる。

「先日はどうも……」

「お元気ですね」

「相変らずベッピンだな」

「すぐ冷やかす……」

断片的に聞えて来る三人の言葉から判断すると、ちょっとした知合いではなさそうだった。涼子には、女のうれしそうな笑顔が気になった。先刻の、涼子を歓迎してない女の眼《まな》差《ざ》しと結びつけると、瀬田と女とがただの間柄ではないように思えて来るのだ。

東京をはるか離れて、九州の地を踏んだとたんに、涼子は瀬田に突放されたような気がした。旅先の心細さもある。ほかの女に瀬田を奪い取られてしまったみたいで、涼子は寂しかった。

一種の嫉妬《しっと》かも知れなかった。とすれば、はなはだ危険な嫉妬である。こうした場合に、女は対抗意識から、予期していなかった事態をみずから招いてしまうものだ。つまり、男を独占したいばっかりに、女は甘美な愛の行為が必要だと思い込むのである。

「あの方たちを、ご存じですか？」

涼子は、渡辺課長にきいた。

「いや……。わたしは宮崎では顔が広い方なんですが、見かけない人たちですね」

渡辺は眼鏡の奥の柔和な目で笑った。

「この土地の方たちではないのかしら？」

「宮崎の人間でしょう。ここへ迎えに来ていたくらいですからね」

「はあ……」

「東京で知合ったんじゃないですか？」

「東京で？」

「実は、わたしも瀬田さんと東京で知合って、それ以来もう五年近くにもなりますが、ふだんは文通で付合っていただいているんですよ」

「そうですか……」

「クジャク石鹸の研究所に、わたしの先輩がおりましてね。その先輩をたずねて行った時に瀬田さんと知合って、意気投合しちゃったんですよ。東京と宮崎は遠く離れていますが、そうした知人同士っていうのは案外多いものです。きっと、お互いに遠い旅先で接するんですから、親しくなりやすいんじゃないですか」

「瀬田さんとは、何年ぶりの再会なんですか?」

「八ヵ月ぶりですね。去年の夏に瀬田さんがクジャク石鹸の延岡《のべおか》工場へ出張で来られた時、お会いして以来ですから。瀬田さんは、九州へ来られた時は必ず、わたしに連絡してくれるんです」

と、若い課長は満足そうだった。いかにも素朴な人柄である。

この時、涼子は瀬田と別れた男女が空港ロビーを出て行くのに気がついた。彼女はその後ろ姿を見送った。女が振返るのではないかと思ったが、逆光を浴びてベンチの間を縫って行く男女の影は、そのまま空港の外へ消えた。

「どうも、失礼……」

涼子たちのところへ戻って来た瀬田は、紅潮した頬《ほお》にハンカチを当てていた。

「参りましょうか。荷物は運転手に取って来させますから……」

渡辺課長が言った。

涼子は歩き出しながら、今の男女とはどういう知合いなのかきいてみようと思ったが、瀬田が考えに沈んでいるふうな横顔を見ると、軽い気持で言葉を口にすることも出来なかった。

嫉妬していると思われたくなかったし、そんなこと——と、瀬田に一笑に付されるのが怖《こわ》かったのだ。

空港前の駐車場へ出ると、眩暈《めまい》がするほど明るい風景が横たわっていた。空も樹木も、それに大地も金色がかっているように見えた。建物の見当らない視界に、日射《ざ》しがあふれている。起伏に乏しいというよりも、翳《かげ》りのない風景なのである。

運転手が荷物を受取ってくれるのを待って、涼子と瀬田は水色のシボレーに乗込んだ。渡辺課長は助手席にすわった。

「予定は、どうなっていますか？」

車が空港前を離れて間もなく、渡辺課長が身体をよじるようにして振向いた。

「ゆっくりと観光旅行を楽しんでいるわけにも行かないのでね。かけ足で小山田さんを案内して回ることになるでしょう」

瀬田が答えた。彼は渡辺に、今度の旅行の目的について詳しくは話していないようである。涼子に宮崎県の有名観光地を見せて歩くのだとでも、曖昧《あいまい》に言ってあるのに違いない。

「どの辺を回りますか?」

「えびの高原は常識でしょうね。霧島国立公園を縦断して都城市へ行きます。瑞穂市へも寄ってみたいところですが……」

「瑞穂市は焼け野原ですからね。見物するものもありませんし……。もっとも、瑞穂市の大火の焼け跡を見て行く観光客がふえたそうですけど」

「あとは、こどもの国、青島、サボテン公園に日南海岸、とお定《きま》りのコースですね」

「瀬田さんはもう、お馴染《なじ》みのところばかりでしょう」

「いや、まだ一度か二度、行ったことがあるという程度ですよ。それに、宮崎県の観光地は何度行っても素晴しい」

「うれしいことを言ってくれますね」

「それから、ぼくは一応、出張という名目で来ていますんでね。うちの社の延岡工場へも顔を出さなきゃならんので、延岡まで行ったついでに小山田さんを別府へお連れしようと思っているんです」

「なるほど……」

涼子が口をはさむ余地はなかった。瀬田の行動予定は万全である。久米緋紗江の九州での足どりを、着実に追ってみるつもりらしい。涼子はただ、傍《かたわ》らでうなずいているだけですんだのである。

「今日はお疲れでしょうから、明日の朝早く霧島公園へ出発した方がいいですね」

渡辺課長は、涼子にそう言った。どうやら涼子が、宮崎へ来た主客として扱われるようである。

「今夜の旅館は？」

瀬田がきいた。

「新観光ホテルに、部屋をとっておきましたが……。二部屋ね」

ホテルでよかったろうか、と渡辺はうかがうような目で答えた。二部屋とったというのは、渡辺課長の配慮ではないだろう。旅館はすべて二部屋を予約しておいてほしいと、瀬田の手紙で頼んであったのに違いない。

「そりゃどうも、お手数をかけました。じゃあ、ホテルへ直行して下さい」

そう告げてから、瀬田は涼子を見返った。涼子も瀬田の視線を受けとめた。互いに言わんとすることは分っていた。新観光ホテルに泊れるのは好都合なのである。涼子に言わせれば、久米緋紗江のアリバイの疑点が置かれている新観光ホテルなのだ。

二月十五日と十六日の夜、久米緋紗江はこの新観光ホテルの三〇八号室に泊ったことになっている。涼子にしてみれば、一度は新観光ホテルを訪れてみなければならなかったのである。

車は十分ほど走って、宮崎市の繁華街へ入った。バスが目立って多く、通行者がほとんど自転車に乗っているのも地方の小都市らしい風景だった。車は長い橋を渡った。右手に海が見えた。

「大淀川です」

渡辺が言った。

橋を渡りきると、宮崎市のメーン・ストリートだった。渡った橋が橘橋、この大通りが橘通り、夜の盛り場が西橘通り、と渡辺が説明した。

このあたりから、見なれない植物が目につき始めた。熱帯地方の植物という漠然とした察しだけはついたが、街中にこうした樹木が大型の葉を垂《た》れているとは、涼子には予想もつかないことだった。

「椰子《やし》の木かしら？」

と、涼子は小声できいた。

「椰子科の一種で、フェニックスっていうんです」

瀬田が窓の外を、あちこちと指さした。

「あれも同じ椰子科のビロウ樹だな。椰子っていうと、代表されているココヤシのことなんです。フェニックスはココヤシと同系統で、ほら、葉が一枚の大きな羽みたいになっている。ところが同じ椰子でも、ビロウ樹は扇型でしょう」

「まるで、南国ね」

と、涼子は声をはずませた。

そんな熱帯植物が街路樹に使われ、ロータリーにも繁《しげ》みを作っているのである。空は広く、海は暗い濃紺と違ってコバルト・ブルーなのだ。そして、車がとまった新観光ホテルは、澄みきった日射しに映えるクリーム色の建物だった。

赤い日除けのトンネルをくぐって、ホテルの入口に立った時、涼子は日本にいるような気がしなくなった。南国の観光地に登場した外国映画の主人公――と、そんなことを想像するくらいに気持が浮いて来た。

涼子の部屋は五階の五〇一号室だった。瀬田の五〇三号室とは向い合いである。瀬田は荷物を片づけると、すぐ涼子の部屋へやって来た。

「いらっしゃいませ」

と、瀬田を迎えて涼子ははしゃいだ。自然に笑いがこみ上げて来るし、冗談を言わないではいられない気分だった。

「上機嫌《きげん》だな」

瀬田はソファーに腰をおろすと、煙草に火をつけた。彼自身も、不愉快ではなさそうである。いつもの暗い思考の眼差《まなざ》しが、今は笑っている。

部屋の設備は普通のホテルと変らなかったが、寝室だけが和式になっていた。寝室との仕切りも、襖《ふすま》に見せかけた引戸である。外人観光客の好みを計算に入れた設計なのだろう。

「何かお飲みになったら?」

と、涼子は無意識に媚《こ》びる目になっていた。瀬田と二人きりでいる雰囲気《ふんいき》が、そうさせるのだ。渡辺課長は、明日の約束をすませると勤め先へ引揚げて行った。これこそ、気をきかせたのに違いなかった。

瀬田はビールのルーム・サービスを頼んだ。そのまま彼は、電話を切らずにフロントの係員を呼出した。

「ちょっと調べてもらいたいことがあるんだけどね。いや、ホテルの迷惑にはならないさ。そう、人の行方を捜しているんだ」

受話器を握りしめた瀬田の表情は堅かった。涼子はふと、用件を瀬田に押しつけておいて、一人浮かれている自分が恥ずかしくなった。

「二月十五日と十六日の夜、このホテルの三〇八号室に泊った杉浦ヒサエ……そう、名前は杉浦ヒサエと書込んだはずだけど、その女性について調べておいてほしいんだ。あとでフロントへききに行くからね」

と、受話器を置いた瀬田はニヤリと笑った。

「さあ、これで今日の仕事は終ったようなものだ。一つ、ゆっくりくつろぎますか」

「そうね。明日から頑張るわ」

半ば自分に弁解するように、涼子は言った。瀬田は運ばれて来た二本のビールを、またたく間に空《から》にしてしまった。涼子も少々手伝ったが、もう二本ばかり追加しなければおさまりがつきそうになかった。

なだらかな丘陵の彼方に、銅板のような太陽が沈んだ。落日と夜との間隔は短かった。闇《やみ》の訪れとともに、大淀川を水色の霧が包んだ。涼子は窓の外をながめてたたずんでいた。橋に並んだ灯が、霧に滲《にじ》んで瞬《またた》いている。

隣に立った瀬田の腕が触れるのを待っていたように、涼子が身体を男の胸へ倒したのは夜景の情緒とアルコールに酔ったせいだろうか。

空港へ迎えに来ていたあの女は――と、そんなことが脳裏をかすめた時、涼子は唇と胸の隆起に強烈な感触を与えられていた。

荷物を持つ

息が苦しかった。瀬田の唇が離れてからも、涼子はしばらくの間、肩で呼吸していた。

涼子はすぐ、瀬田に背を向けた。接吻そのものではなく、身体《からだ》の芯《しん》で燃え上がった陶酔の余韻《よいん》が長く尾を引いていて、しゃがみ込んでしまいたくなることに羞恥を覚えたのである。

涼子は気持が静まるのを待った。そうしているうちに、彼女はまだ男との間に『愛』という言葉が一度も交わされてないことに気づいた。愛している——とも言われていないのに、瀬田に唇を許してしまったことが軽率であるような気がした。

接吻したことで、自分はもう半ば瀬田のものになってしまったように思えて来る。それならそれで、男の愛の保証が欲しかった。

「ねえ……」

と、涼子は瀬田に背を向けたままで言った。

「うん……？」

瀬田の返事は、遠くで聞えた。いつの間にか、彼はソファーに戻ってしまっているらしい。

「今日、空港へ迎えに来ていたでしょう。男の人と女の人……あの人たち、誰なの？」

凉子は、窓ガラスに映っている瀬田を見つけた。もう嫉妬していると思われても構わなかった。嫉妬するのは、むしろ当然ではないか。

「ああ、あれは父娘《おやこ》だよ」

と、瀬田はあっさり答えた。窓ガラスの中の彼が微笑している。

「父娘？」

「クジャク石鹸の延岡工場の総務課長だよ。娘の方も、延岡工場に勤めている。あの父娘は三月の初旬に、私用で上京して来た。ぼくも東京タワーやＮＨＫなどを案内するのに、半日ぐらい付合ってやったんだ。そのお返しというわけで、ぼくが出張で宮崎へ行くと連絡しておいたから、わざわざ父娘そろって出迎えに来てくれたんだろう。すぐ、延岡へ帰って行ったけどね」

どうやら凉子の思い過ごしだったようである。説明されれば、何でもないことであった。わけも分らずに、ただ若い女に対抗意識を持ったことを凉子は恥じていた。

「先日はどうも……」

「お元気ですね」

「相変らずベッピンだな」

「すぐ冷やかす……」

そうした間柄であれば、こんな言葉を交わしたのも至極もっともなことだった。

涼子は安堵《あんど》した。空港に到着した時の、あの女の歓迎しない目も気にかけないことにした。同時に、涼子は男に甘えたくなった。誤解が消えると、女は気持が男から離れた分だけ、今度は近づこうとするものである。涼子は照れ隠しに笑い声をたてながら、瀬田のところへ駆寄った。

「凄《すご》く楽しいの」

涼子はソファーの背に右手を置いた。瀬田はそれに、自分の手を重ねた。だが、彼はそれ以上の行動には出なかった。

「さて、フロントへ行って、さっき頼んでおいたことの結果を訊《き》いてみようか……」

と、瀬田は涼子の右手を握ったまま、ソファーから立上がった。

涼子は小さく失望した。瀬田の冷やかな表情が気にいらなかったのである。たった今、涼子の唇を痛くなるほど吸い、胸のふくらみをまさぐった彼とは思えない。涼子には、男の生理がうなずけなかった。

「あ、ちょっと待って……」

彼女はハンカチをとり出して、それで瀬田の唇をぬぐった。そうしながら、自分は積極的すぎるだろうか、と思った。しかし、ハンカチが微かに赤くなったのを見て、涼子は満足した。こんなふうにすると、もう瀬田とは他人でなくなったように錯覚する。

二人は部屋を出た。エレベーターで一階まで降りる。ロビーに外人の家族連れがいた。鉢植えのサボテンをバックに金髪の子供たちを並べて、父親がカメラをかまえている。肥満型の母親は、にこやかにそれを見守っているだけである。

涼子はふと、瀬田と家庭を持ったその将来を想像していた。だが瀬田は、外人家族の方など見向きもしなかった。彼はフロントへ向って、真直ぐに歩いた。

フロントには黒い背広の男と、白の制服姿のボーイがいた。瀬田に気がつくと、黒い背広の男が待っていたように一礼した。

「調べておいてくれましたか？」

と、瀬田がフロントのカウンターの上に乗出すようにして言った。

「はあ。杉浦ヒサエさまのお部屋の係りだったボーイも呼んでおきました」

男は傍らのボーイを振返った。

「それはどうも……。で、どうでした？」

「杉浦ヒサエさまは、確かにお泊りになりました。お一人でございましたが……」

「二月十五日と十六日ね？」

「はあ。予約はなかったのですが、二晩とも三〇八号室があいておりまして……」

「二月十五日の夜は、ここへ何時ごろ来ました？」

「九時少し前です」

「十六日の朝、ここを出たのは？」

「早かったようですね。七時半ごろ、ここをお出になったと聞いてますが……」

「それでまた、十六日の夜になって、このホテルへ来たというわけですね？」

「は。十六日の夜は七時すぎに、お見えになりました。十七日の朝もやはり早くお出かけになったようです」

「杉浦ヒサエの年恰好《かっこう》を覚えていますか？」

「それは……」

と、男はどうだというふうにボーイの顔を見やった。今度はボーイが質問の回答者になった。

「二十三か四に見えましたけど……」

若いボーイは、天井に向けた目をクルクルと動かした。

「綺麗《きれい》な人だった？」

瀬田はボーイの顔をのぞき込むようにした。

「はあ……」

「言葉は標準語だったかな？」

「それは勿論……」

「ほかに特徴は？」

「そうですね……。ずいぶん、お化粧が濃かったようです」

「髪の毛は？」

「はあ……？」

「長さだよ」

「あ、髪の毛が長かったですね。さあっと流れていて……」

「そう」

瀬田は涼子の方に向きなおって、軽く首を振って見せた。彼の表情には、期待はずれの暗さがあった。涼子も目を伏せた。張りつめていた胸のうちを、風が吹抜けて行くようだった。

久米緋紗江の主張に、嘘はないらしい。宿泊者名簿にも住所氏名を書込んであるのだし、ボーイの記憶によると一応、容姿も久米緋紗江のそれと一致するのである。二月十五日と十六日の晩、彼女がこのホテルに泊ったことは九分通り確定的だった。

時間の点でも、久米緋紗江のアリバイ表と実際とが符合している。

久米緋紗江のアリバイ表によると、二月十五日の夜は『宮崎市へ戻って来て、もう別府まで帰れる時間でないことを知り、仕方なく宮崎新観光ホテルの三〇八号室泊りということになる』のだったそうだ。

事実もそれを裏書きしていて、二月十五日の夜、彼女は九時前にここへ現われたというフロントの話だった。

十六日の朝のことについては、アリバイ表に『荷物は菊丁苑に置いたままになっているし、とにかく別府へ戻ることにする。宮崎発八時の特急かもめに乗り』とある。十六日の朝、彼女はこのホテルを七時半に出ているそうだ。宮崎発八時の特急に乗るために、ホテルを七時半に出る——時間的に、計算が合うではないか。

十六日の夜も十七日の朝も、久米緋紗江のアリバイ表と事実には狂いがない。二月十七日の朝、彼女は宮崎新観光ホテルを出て、市内の『豊ふじ』という日本旅館に移っているのである。

「もうこれだけ確認してしまったら……九州まで出かけて来たことが、無駄だったみたいに思えてくる」

五階の廊下を歩きながら、瀬田は言った。

「でも、わたしの気持は、まだ割切れてないわ」

涼子は頭の中が重くなるのを、ふりはらうように激しく顔を動かした。

「今度はぼくの部屋へ行かないか、ぼくのところはベッドだ」

瀬田は五〇三号室のドアに鍵をさし込んだ。五〇三号室は涼子の部屋とまったく同じ造りであった。ただ日本間の代りに絨緞《じゅうたん》を敷きつめた寝室があり、そこにシングル・ベッドがすえてあるというだけの違いである。

涼子はベッドに腰かけた。両手を後ろに突くと、軽い弾力があって、掌にベッド・カバーのザラザラした感触が心地よかった。

「しかし、久米緋紗江は二月十五日と十六日の晩、間違いなくこのホテルに泊っているんだ……」

瀬田は上着を脱ぎ、ネクタイをはずすと話を元に戻した。

「ということは、久米緋紗江のアリバイ成立だろう。彼女はこの旅行期間中、九州を離れていないいんだ」

「でも、二月十五日、お兄さんが東京で久米緋紗江を見かけているのよ」

涼子には、この点だけはどうしても譲れなかった。

「それが確かだという証拠もない。小山田君が生きていれば、確証も得られるんだろうが……」

と、瀬田は無理なことを言っている。

「それに、何度も言うようだけど、いちばん肝腎《かんじん》な十五日、十六日に限って、久米緋紗江がこのホテルに泊ったということが、気になって仕方がないの」

「偶然、そうなったのかも知れない」

「とは思えないわ。不思議なことに、十五日と十六日だけは、久米緋紗江の昼間のうちの行動がはっきりしていないのよ」

「昼間の……？」

「そう。ほかの旅館に泊った時は、昼間もその旅館にいたり、出かけてもすぐ帰って来たりしているのに、新観光ホテルの場合は、ただ寝るために来ているみたいなの」

「うん」

「二月十五日は、朝七時に別府の菊丁苑を出て、そのあとは列車に乗ったり、一人で観光地めぐりをしたりして、一日をつぶしてしまっているのよ。夜九時近くになって、このホテルに姿を現わすまでは、誰も証明のしようがない行動をとっているわけだわ」

「面白いところに着眼したな」

「十六日もそうなの。朝七時すぎにここを出てから、別府と宮崎の間を往復したことになっているわね。自分でも、列車に乗ってばかりいた一日って、アリバイ表に書いていたくらいよ」

「一日中、列車に乗ってばかりいたのでは、それが事実かどうか調べることも不可能なわけだ」

「でしょう？」

「だが、彼女がこのホテルに二泊していることが確かなら、昼間のうちの行動はどうでもいいんじゃないかな」

「このホテルに二泊した女が、久米緋紗江本人ではなかったとしたら、彼女は二月十五日と十六日をフルに活用出来たということにもなるでしょう」

「いや、十六日の午後に別府の菊丁苑へ荷物をとりに来たのは、久米緋紗江本人でなければならなかったはずだ」

「それはそうだけど……」

涼子はベッドの上に、身体を倒した。膝がむき出しになるので、右手でスカートの裾《すそ》を押えていた。

荷物をとりに菊丁苑へ一旦、引返している――と、このことが涼子の脳裏《のうり》にこびりついていた。

それが事実だとしたら、新観光ホテルに現われた女が久米緋紗江本人かそれとも別人かを見分ける材料の一つになるのではないか。涼子は身体を起して、電話機のところへ走り寄った。交換手にフロントを出してくれと頼んだ時、彼女の胸に新たな期待が生じていた。

「もしもし、杉浦ヒサエのことを訊きに行った者なんですけど、さっきのボーイさん、まだそこにいます？」

荷物のことなら、それを運ぶ役目のボーイが最もよく知っているはずである。

「少々お待ち下さい」

男の声がそう言って、すぐ若いそれと替った。

「もう一つ、訊きたいことがあるの。杉浦ヒサエの荷物のことなんだけど、二月十五日にこのホテルへ来た時、杉浦ヒサエは荷物を持っていたかしら？」

「ええと……持っていらしたと思います。翌日に見えた時、お荷物にホテルのラベルがつけてありましたから、前の晩に泊られたお客さまだとすぐ気がつきました」

「じゃあ、十五日も十六日も同じ荷物を持って来たわけね？」

「はあ。赤革の大型スーツ・ケースだったと思いますが……」

有難うとも言わずに、涼子は電話を切った。胸の奥が疼《うず》くように痛かった。もぐっていた水の中から顔を出した時のような気持である。涼子はベッドまで、足を引きずるようにして歩いた。

「涼子さん……好きなんだ」

突然、熱っぽい息が涼子の耳に触れた。次の瞬間に、彼女はベッドの上に押倒されていた。

瀬田の重味が、全身にかかって来た。

「やめて！」

涼子は意志に関係なく、夢中で抵抗した。

黄色い海

丘陵が波うち、竹林が続き、曲折する川が見えた。宮崎市から大淀川に沿って、道路は西へ走っている。小林市まで、約一時間半の道程である。

このあたりは鄙《ひな》びた田園風景を望見出来るというだけで、目を見はるような特色はなかった。『観光』ということを意識せずにいられなくなったのは、小林市をすぎてからであった。

えびの高原を目指《めざ》して、自動車《くるま》は上りかげんの道を走った。一旦、視界が開けると、広大な土地がやや傾斜して地平線にまで達しているのを眺めることが出来た。

涼子は顔だけを窓の方へ向けて、この男性的な光景に見入っていた。感嘆詞を洩《も》らしたいところだが、隣に瀬田の存在を意識するとそういう気持にはなれなかった。

涼子は昨夜の、瀬田を激しく拒んだ自分を思い出す。あれでよかったのだとも思うし、ちょっぴり後悔の念もあった。唇を吸い、乳房にも触れたのだから、それ以上の行為を求めても女は当然受入れるだろうと、男は考えるものなのかも知れない。

しかし、昨夜の瀬田のやり方は、あまりにも唐突《とうとつ》すぎた。涼子には心の準備というものがなかった。まだ男を経験したことのない彼女だったから、本能的に逆《さか》らったまでである。

涼子にしても、瀬田を受入れるのが嫌《いや》だというのではない。もし、男がそれなりの雰囲気《ふんいき》を作ったら、涼子は昨夜のうちに肉体の洗礼を了《お》えていただろう。

まるで暴漢を斥《しりぞ》けるような拒み方をしただけに、涼子は気まずかった。瀬田の方は、今朝《けさ》の食事の時も、何ごともなかったように話しかけて来たし、今までと変らない親切さを示してくれた。だが、涼子の方がかえって昨夜のことにこだわっていた。表面は、瀬田に調子を合せていたが、笑顔を見せようとしてもそれは作り笑いになった。

朝九時に、宮崎交通の渡辺課長が昨日と同じ水色のシボレーで迎えに来てくれて、涼子も幾分か救われた気持になった。同行者が三人になれば、気づまりな空気も自然に和《なご》むというものである。

それにしても、昨夜の瀬田はなぜあのように衝動的に求めて来たのだろうか——と、涼子は改めて考える。何も時間が限られていたというわけではない。二人でホテルに泊っているのである。それも、昨夜だけではないのだ。九州にいる間は、二人が肉体的に結ばれる条件がそろいすぎているようなものではないか。

　涼子には、どうにも納得《なっとく》出来ないことだった。接吻のあと、涼子が甘える気持で瀬田の背後に回り、身体を寄せた時、彼はフロントへ行こうと言って、さっさと立上がった……そんな冷静な彼が、電話をかけ了えたばかりの涼子にいきなり挑《いど》んで来たのである。男とは、そういうものなのだろうか——と、彼女は結論するほかなかった。

「黄色い海が見えますよ」

　不意に前の席で渡辺が言った。

「海……？」

　涼子はのび上がるようにして、窓の外を眺め回したが、それらしいものは目に入らなかった。

「菜《な》の花畠《はなばたけ》のことさ」

　苦笑しながら、瀬田が涼子の耳に口を寄せて来た。

「ああ……」

　涼子は思わず、音がするほど膝をたたいてしまった。なるほど、その黄色い海なら目の前に横たわっている。菜の花畠は、雑木林《ぞうきばやし》の彼方や丘陵の斜面に、くっきりと黄色い区分を浮上がらせていた。黒土や樹木の緑と対照的に、鮮烈な色彩だった。高く低く、遠く近く菜の花畠は大地に黄色い縞模様《しまもよう》を描き出しているのである。それらが霧《きり》にかすんで、確かに黄色い海という表現がピッタリであった。

「あら、子供が……」

と、涼子は声を上げた。三つぐらいの女の子が小さな崖《がけ》に腰かけて、通りすぎる車を見おろしていたのである。人家も見当らないところに、子供一人所在なさそうにしているのが不思議だったのだ。

「よくいますよ。ああして子供一人……。この土地の子供にしてみれば、えびの高原なんか、自分ところの庭みたいなものなんでしょう」

渡辺課長が言った。

「失礼ですけど、渡辺さん……奥さまも子供さんもいらっしゃるんですか？」

ふと思いついて、涼子はそう訊いた。

「ええ。子供はまだ一人ですが……」

「可愛いでしょうね？」

「いやあ、ぼくのところは……親がどうも、日向《ひゅうが》かぼちゃにいもがらぼくとですから……」

「はあ……？」

涼子には、渡辺が口にした言葉の意味が分らなかった。渡辺課長は血色のいい頰をさらに赤く染めて、大声で笑っている。瀬田が釣られて吹出した。運転手もバック・ミラーの中でニヤニヤしていた。彼らは、涼子が狐《きつね》につままれたような顔でいるのがおかしいらしい。

「渡辺さん、今、何と言ったの？」

涼子は、瀬田の脇腹をつっ突いた。

「日向かぼちゃにいもがらぼくと……」

と、瀬田はまだ笑っている。

「いもがらぼくと……？」

「いもがらみたいに、ヒョロヒョロ育ってはいるが、あまり中身はないっていう意味なんだろう。宮崎の男を称してそう言うんだそうだ。日向かぼちゃは宮崎の女性。土地の人たちみずからが言う。いわば冗談じみた謙遜《けんそん》語というところだろう」

「じゃあ、他所者《よそもの》が宮崎へ来てそんなことを言ったら、撲《なぐ》られちゃうわね」

また一しきり、車の中で笑いが渦《うず》を巻いた。この愉快なエピソードのお蔭《かげ》で、涼子の気持のしこりがとれたように思えた。彼女の顔が忙しく動くようになった。景色を眺めるのも陽気な饒舌《じょうぜつ》を交わすのも、楽しくなった証拠である。

直線的な道路が、いつの間にか迂回《うかい》を始めていた。上り坂が急角度になったのだ。もう高原という感じはしなかった。山であった。

「絶景なんですがね。残念だけど、今日は霧が深くて……」

渡辺課長が曇ってしまう窓ガラスを手でこすりながら言った。なるほど、谷間には霧が幕を垂《た》れていて、視界はゼロであった。晴れていれば、相当遠くまで視野が開けるに違いない。

久米緋紗江のアリバイ表にも、『霧のえびの高原で、一人、感傷に沈《しず》む』と書いてあった。約一ヵ月前、久米緋紗江がこの道路を通ったのだと思うと、凉子は奇妙な感慨に捉《とら》われそうだった。久米緋紗江はここで、何を考え、どんな明日《あした》を期待したのだろうか。そして、凉子自身、何のために今日、霧のえびの高原に車を走らせているのか——。

「間もなく右側に、滝が見えるよ。〝七折の滝〟という名前がついている。要するに水の流れが屈折している滝なんだ」

瀬田が囁《ささや》くようにして、教えてくれた。

「あの滝ね」

道路が左へカーブしている地点の右側に滝を見つけて、凉子は言った。黒い岩肌《はだ》を、白い水の流れが走っていた。かなり高いところから落ちて来る滝である。瀬田が言った通り『七折の滝』という札が、道端に立ててあった。

「珍しい滝でしょう。七折の滝と、去年の暮れに命名したのですよ」

渡辺が振向いて、満足そうにうなずいてみせた。そうしてから、渡辺課長はおやっというような目を瀬田に向けた。

「瀬田さん、どうして〝七折の滝〟という名前がついていることをご存じなんです？」

凉子も、渡辺の質問はもっともなことだと、すぐ気がついた。渡辺は宮崎空港で、瀬田が九州へ来たのは去年の夏以来で八ヵ月ぶりのことだ、と言っていた。去年の暮れに命名されたという『七折の滝』を、瀬田が知っているはずはない。

「いや、昨日宮崎空港についた時、延岡工場の連中から聞いたんですよ。えびの高原へ行く予定だって言ったら、七折の滝という珍しい滝がありますよってね」

瀬田は微笑しながら答えた。

「ああそうですか」

と、渡辺は簡単に納得してしまった。しかし、凉子は内心首をかしげていた。今の瀬田の答えが、この場限りの言い逃《のが》れのような気がするのだ。つまり、咄嗟《とっさ》に思いついた嘘という感じがするのである。

瀬田は宮崎空港に出迎えていた延岡工場の総務課長父娘《おやこ》から、七折の滝のことを聞いたという。七折の滝という名称だけを教えられたのなら、話は分る。だが瀬田は涼子に、間もなく右側に滝が見える、七折の滝というのだ、と前もって知らせたのだ。彼は、七折の滝の存在を承知していたのである。『七折の滝』という名称を、人から聞かされても、どの滝が『七折の滝』であるかは分らないのではないだろうか。

しかし、瀬田が必要もないのに、そんな嘘をつくはずはなかった。涼子も、つまらない詮索《せんさく》をして、再び気まずい思いはしたくなかった。

「ねえ、昨夜フロントへ電話して、確かめたことなんだけど……」

気持を変えるつもりで、涼子はそんな話を持出した。昨夜、彼女が電話して確認した久米緋紗江の荷物の件については、あの直後に起った衝撃的な事件のために、まだ瀬田には報告してなかったのである。

「うん……」

瀬田は眩《まぶ》しそうな目をした。彼もきっと、自分の動物じみた行為を思い出したのだろう。

「二月十五日と十六日の晩、宮崎新観光ホテルに泊った女は、やっぱり久米緋紗江じゃないわ」

「ずいぶん断定的じゃないか」

「断言出来るんだもの。ボーイさんが、その女が赤革の大型スーツ・ケースを持ってホテルへ来たということを覚えていたのよ」

「十五日も十六日もかい？」

「そうなの。十六日は別府の菊丁苑へ荷物をとりに行ったことになっているんだから、大型スーツ・ケースを持っていたとしても不思議じゃないわ。でも、十五日の夜にホテルへ来た時、すでに同じスーツ・ケースを提げていたというのは変じゃない？」

「久米緋紗江のアリバイ表と一致しないってわけか」

「そうよ。アリバイ表によると、十五日の夜に宮崎のホテルへ来た時は、せいぜいハンドバッグを持って……のはずだわ」

「そのボーイの記憶《きおく》は、確かなんだろうか……？」

「赤革の大型スーツ・ケース、とまで覚えていたんだから、間違いないでしょう？」

「いや、十六日だけ持って来た荷物を、十五日にもって……。そのあたりの記憶のことなんだ」

「だって、十六日の晩、荷物を受けとった時にスーツ・ケースにホテルのラベルがつけてあったので、昨夜来たお客さんだなってすぐに分った……。ボーイさん、そう言ってるんだもの。ホテルのラベルは、到着と同時につけるものでしょう?」

「うん。それなら確かだ……」

「スタンド・インがいたのに違いないわ。どうせ久米緋紗江とそのスタンド・インとの間では、細かい打合せが出来ていたんでしょうけど、やっぱりどこかに手ぬかりはあるものよ」

「スタンド・インは、十五日の場合も荷物を持ってホテルへ行ってしまったというわけか……。ホテルへ行くには、スーツ・ケースぐらい提げていなければ、恰好《かっこう》がつかないと思ったんだろうな」

「ねえ。これで、九十パーセントわたしの推測は当っていたということにならないかしら?」

「うん……」

「十五日、十六日と宮崎新観光ホテルに泊ったのが久米緋紗江のスタンド・インだったとしたら、彼女は十五日の午後、銀座四丁目の交差点に姿を現わすことも出来たんだし、長谷部綱吉さんやお兄さんを殺すことも可能だったんだわ」

「とすると、もう九州へ来た目的は達したことになるんじゃないかな」

「まあね」

「しかし、ぼくはどうも釈然《しゃくぜん》としないんだ。そのスタンド・インという思いつきなんだけど……」

「どうして？」

「前にも言ったと思うんだが、そのスタンド・インは最初からの共犯者ではないはずだ。われわれの想定によると、久米緋紗江は意識的にアリバイを作るつもりはなかったんだ。たまたま銀座四丁目の交差点で小山田君に声をかけられて、彼女は初めてアリバイの必要性を感じた……」

「そうね」

「とすればだな、久米緋紗江は十五日東京にいて、すぐその夜に宮崎新観光ホテルへ泊りに行ってくれるスタンド・インを頼まなければならなかったということになる。九州へ引っ返してからスタンド・インを探したんでは、とても間に合わない」

「その日の夜に、もうスタンド・インを使わなければならなかったんだものね」

「共犯者というものを、そんなに簡単に作れるだろうか……？」

瀬田の疑問はもっともであった。東京にいてわずか数時間のうちに、九州で自由にあやつることの出来る人間を見つけ出す――実際に考えれば、至難と言ってもいいだろう。

霧はますます濃くなって来た。道路もぬれているようだった。人気《ひとけ》はまるでない。こんなどころで殺されたら——と、涼子は馬鹿げた想像をして悪寒《おかん》を感じた。

焼け跡の初夜

涼子は目を閉じていた。雪洞《ぼんぼり》型の電気スタンドが、天井に明るい輪を作っている。それが瞼《まぶた》を透して感じとれるようだった。気になってはいたが、涼子はスタンドを消さなかった。眠れそうになかったし、スタンドへ手をのばすのが億劫《おっくう》なほど四肢がだるいのだ。隣の夜具で、瀬田が安らかな寝息を立てていた。一時間前の彼の荒々しい仕種《しぐさ》が、嘘のようであった。熱に浮かされたように、涼子を愛していると口走り、情熱的に彼女を求めた男が、今はもう子供も同じ寝顔を見せている。

涼子はただ、もみくちゃにされて、その挙句に放り出されたみたいである。それでも、彼女の気持は安定していた。広げた両手で自分のものをしっかり抱きかかえているような、安心して摑《つか》んでいられる命綱を得たような、ある種の充足感が全身にあった。

昨日までの自分と変ってしまったということにも、特に感情の動きはなかった。こうなるのが当り前のような気がしたし、それを待っていた自分ではないかとも思った。後悔《こうかい》はしたくないのである。

不安と言えば、十九という年の若さと、結婚前にこんなことをしてしまっていいのだろうかといった両親に対する気兼ねぐらいのものだ。しかし、これで自分が幸福になれば――と、涼子は身体の一部に残されている男の余韻を自覚した。

苦痛ではなかったが、身体中が火照《ほて》って仕方がなかった。甘い気持はすでに消えて、自分自身に対する恥《はじ》らいだけが残っている。今日は記念すべき日だ、と彼女は思う。この日のことは生涯忘れられないに違いない。あの霧の流れも――涼子は脳裏に、乳色に煙った霧島有料道路を描き出した。

有料道路ではあっても、アスファルト舗装されているわけではない。黒っぽい土を平らにならした道である。その方が、周囲の風光にマッチしていた。道路の両側は深い針葉樹林なのだ。

赤松、もみ、とが、ひめしゃら、などがいたるところに密生していて、赤松やひめしゃらの幹の色が霧に滲《にじ》んで視界がピンク色に染まって見えた。その中を、黒い道路がゆるやかにカーブを描きながら果てしなく続いているのである。

やがて鹿児島県へ入り、霧島温泉をすぎるまで、涼子たちを乗せたシボレーはついに一台の車とも行き合わなかった。道は下りになった。耳が変になるらしく、ときどき瀬田が顔をしかめた。このあたりから、瀬田の元気がなくなった。上体を自堕落《じだらく》にシートにもたせかけたまま、ほとんど口もきかなかった。

「桜島が見えますよ。あ、雲にそびゆる高千穂っていうのは、あれなんです」

渡辺課長の観光案内に反応を示すのは涼子だけで、瀬田は目をあけようともしないのである。涼子は右に紫色に霞《かす》んだ桜島の遠景を望み、左に雲の切れ間から山頂を突出している高千穂峰を見上げながら、瀬田のことが気になっていた。

「具合でも悪いの？」

と、涼子が瀬田の顔をのぞき込んだのは、車が再び宮崎県内へ入ってからであった。

「頭が痛いんだ……」

瀬田は眉間《みけん》にタテ皺《じわ》を刻《きざ》んでいた。

「疲れたんでしょう」

渡辺が首をのばして来て、あっさりと言った。どう具合が悪くても、ここではどうにも出来ないと言いたそうな顔つきだった。

「都城まで、あとどのくらいでしょうか？」

涼子は渡辺に訊いた。

「もう間もなくです。四、五十分でしょう」

渡辺は時計を見やりながら答えた。

涼子も腕時計をのぞいてみた。二時である。都城には三時前につくことになる。都城で過ごす時間を計算に入れると、今日中に宮崎へ引返すのは無理かも知れなかった。時間的には可能でも、身体が言うことをきかないだろう。瀬田も参っているし、涼子にしても気が重かった。

「今夜は、都城泊りにしますか？」

涼子の思惑《おもわく》を察したらしく、渡辺がそう言った。

「そうねえ。出来れば瑞穂《みずほ》市へも行ってみたいし……」

久米緋紗江は大火があった晩、瑞穂市まで行っているのである。その焼け跡へ今さら出掛けて行ってみても無意味かも知れないが、出来れば久米緋紗江の足どりを隈《くま》なく追いたい涼子なのだ。

「じゃあ、今夜は都城か瑞穂に泊って下さい」

渡辺は、自分の言葉にうなずいた。

「瑞穂市に泊るところなんか、あるんですか？」

「市の東側は焼け残ったんです。そのあたりに旅館があるそうですよ」

「順番から言えば瑞穂市が終着駅なんだから、そこで泊った方が楽だわ」

と、この時の涼子にはまだ、瑞穂市で瀬田との初夜を迎えるだろうという予測はなかったのである。

荘内町を抜け、都城市に到着したのは、早くも遠くの山脈《やまなみ》が夕景を思わせる水色に霞み始めたころだった。都城で初めて汽車の汽笛《きてき》を聞いた。にわかに人の姿が目につくようになった。都城もまた高層建築物のない、空の広い街であった。陽性な宮崎市にくらべて、都城はやや地味な感じだった。それでも、広い通りの商店街にはかなりの人出があって、商工業都市らしく活気に充《み》ちていた。

「梅枝という旅館へ行きたいんですけど……」

と、涼子は運転手に頼んだ。

「へえ……。都城にある旅館の名前を知ってらっしゃるんですか」

大袈裟に驚いて見せた渡辺が、車を停めさせて通行人に『梅枝』の場所を訊いてくれた。旅館『梅枝』はすぐに分った。都城では一流どころらしい。警察の前を通りすぎて、上町というところに『梅枝』はあった。

瀬田は鼻を鳴らして寝込んでいた。涼子は一人で、車を降りた。彼女だけでも用はたりるのである。

『梅枝』の玄関の間口は広かった。奥行もあるらしく、松の梢《こずえ》越しに屋根の重なりが見えていた。涼子が三和土《たたき》にたたずむと、右側の帳場から眼鏡《めがね》をかけた女の顔がのぞいた。

「ちょっと、お伺いしたいんですけど……」

　涼子が声をかけると、カウンターのような台の向う側に幾つも顔が並んだ。珍客を迎えたみたいに、女中たちはしばらく無言でいたが、やがて眼鏡をかけた女が台の上に乗出して来た。

「はい……」

「こちらへ泊ったお客さんのことなんですけど……。二月の十一日、瑞穂市の大火があった晩です。こちらに東京から来たというアベックのお客が泊りませんでした？　宿帳には、杉浦出来夫、妻ヒサエと書込んだはずなんです」

　涼子は要点をまとめて質問した。眼鏡をかけた女は、背後の同僚たちを振返った。誰か答えられる者を探《さが》しているようだった。

「瑞穂の火事の晩、十一時すぎに避難バスで帰って来たアベックのことじゃない？」

　後ろの方で、そんなささやきが聞えた。

「ええ、そうです。その人たちだわ、きっと……」

　涼子は、ささやきの主を探すようにのび上がって言った。

「あの人たちか……」

　眼鏡をかけた女がうなずいて、宿泊者名簿用紙の綴込《とじこ》みを引寄せた。彼女は間もなく、該当の用紙を見つけて音読した。

「東京都目黒区清水町十五番地、会社員、杉浦出来夫、三十二歳。同妻ヒサエ、二十四歳……」

「やっぱり……」

「この人たちが、どうかしたんですか？」

「いいえ。その女の人なんだけど、髪の毛の長い、美人だったでしょう？」

「髪の毛……そう、みごとなものだったから長い髪って覚えていますけど、どんな顔をしていたかは、ピンと来ませんね」

眼鏡の女は、気の毒だがというふうに目を細めた。そうだ写真があれば——と、涼子は思いついた。久米緋紗江の手紙にあった『九州旅行中、旅館やホテルの宿泊者名簿に記入したわたくしの住所と名前は——』という部分に妙に眩惑《げんわく》されて、写真の効用をすっかり忘れていたのである。久米緋紗江のアリバイ表通り、旅館やホテルに記録されているかどうか確かめれば用はすむと、早合点《はやがてん》していたのだ。

記録は残されてあっても、それが久米緋紗江本人の存在を示す証拠にはならない。宮崎新観光ホテルの場合が、いい例ではないか。あのホテルのボーイにしても、『梅枝』の女中にしても、久米緋紗江という女に面識があったわけではないのだ。彼らの印象に残った久米緋紗江と名乗る女と、緋紗江当人とを突合せる基準がないのである。

今夜にでも東京へ電話して、久米緋紗江の写真を至急送ってもらおうと、涼子は思った。晴光と一緒に撮った久米緋紗江の写真が、アルバムにはりつけてある。髪の毛の短いころの彼女だが、その点は仕方がなかった。

写真は宮崎新観光ホテルあて、航空便で送ってもらえばいい。そして、その写真をホテルのボーイに見せるのだ。荷物のことで、宮崎新観光ホテルに泊った女がスタンド・インであったことは分っている。写真によって、いわゆる駄目押しをするのである。それに、久米緋紗江の写真は今後も必要なはずだった。

涼子が車に戻って来るまでの間に、渡辺課長が電話で瑞穂市の『西竜』という旅館を予約しておいてくれた。眠り続けている瀬田を起さないように、車は速度を落して北へ向った。

瑞穂市は都城盆地の北端に位置していた。かつては、馬の集散地として知られた町だった。最近では付近の小さな温泉場への交通の中心地となって、新しい観光都市への発展を目ざしていた。だが二月十一日の大火で、市の八割近くを灰にしてしまったのである。いわば、悲劇の小都市であった。

西に霧島連峰を控えた瑞穂市は、五時をすぎたばかりだというのにすでに夜を迎えていた。車は西竜旅館に直行した。大火についての見聞は、すべて明日に回すことにした。旅館は市の東側にあった。この一帯はそっくり延焼をまぬがれたらしく、普通の街のように人家の灯で飾られていた。

渡辺は休憩もしないで、宮崎へ帰って行った。涼子は、ホテルへの連絡を渡辺に頼んでおいた。

通された部屋は、六畳一間の和室だった。天井や壁も古ぼけていて、陰気な部屋だったが、贅沢《ぜいたく》は言えなかった。大火のあった土地へ泊りに来る方が、変っているのである。

「ここが瑞穂市か……」

と、瀬田は部屋に案内されてからも、しばらくの間はぼんやりしていた。

「とにかく、凄《すご》い火事だったらしいわね。災害救助法が適用になって、自衛隊まで出勤したっていうくらいだから……」

食事をしながら、涼子は早速、女中から聞いた話の受売りをした。瀬田はひどく大儀そうであった。食欲もないらしく、箸の動きが鈍《にぶ》かった。涼子は余計な雑談はやめて、瀬田を早く寝かせることにした。『梅枝』での聞込みの報告も、久米緋紗江の写真をとり寄せるために東京へ電話を申込んだことも瀬田には明日聞かせようと思った。

風呂《ふろ》は寝る前に入った。瀬田も疲れがとれるだろうと、短い時間で浴びて来た。涼子が瀬田との初夜を意識したのは、小一時間かかった風呂から上がって、部屋へ戻って来た時であった。

六畳一間の部屋いっぱいに、二組の夜具がのべてある。床の間に近い方の布団《ふとん》には、瀬田が横になっていた。もう一方のあいている夜具の敷布が、涼子には眩《まぶ》しいほど純白に見えた。

一瞬、涼子は立ちすくんだ。初めて、瀬田と一つ部屋に寝るのである。彼女は昨夜の激しい争いようを思い出していた。

今夜もし、彼が求めて来たら昨夜のような惨《みじ》めな抵抗をすまい――と、涼子は短い間に心を決めていた。彼女は鏡台の前で髪や顔の手入れをすませると、瀬田の枕許《まくらもと》へ回って行った。すぐ床につくのが何となく照れ臭かったし、生気を失ったような瀬田のことが気にもなったのである。

「ねえ、九州で病気になったりしちゃあ……いやよ」

と、瀬田の額に手を置いたりしたのが、男を刺戟したのかも知れない。涼子は瀬田の熱を調べてみるつもりだったが、彼はそう受取らなかったらしい。

「愛している……」

うっすらと目を開いた瀬田は、そうつぶやいて涼子の肩に両手をかけた。涼子は引倒されるような恰好で、男の胸の上にくずれた。抵抗はすまいと思っていたのに、自然に手足が男の侵入を拒《こば》んだ。だが、それも長くは続かなかった。人には見せたこともない身体の部分に瀬田の手が触れた時から、涼子は息さえつめて動かなくなった。

——焼け跡の初夜か、と涼子はそのあとの混濁した記憶を追うことはやめた。床の間にすえてある電話が鳴ったのである。彼女はやっとのことで起上がり、電話機に腕をのばした。東京出ましたという旅館の交換台の声に重なって、遠くで鳴っている雑音が聞えた。

「もしもし、涼子ですけど……」

「ああ、無事についたんだな」

電話に出たのは、義久だった。

「すみませんけど、久米緋紗江の写真、アルバムにあるでしょう、あれを至急に送って欲しいんだけど……」

「あの写真？　変だな。あの写真、涼子が持って行ったんじゃなかったのかい？」

と、義久の意外な言葉が送られて来た。

女の訪問

翌日、瀬田は元気をとり戻したようだった。涼子が軽く唇に触れられて目を開くと、瀬田の新鮮な笑顔が顔の上にあった。

　涼子が寝入ったのは明け方の四時すぎだった。頭の芯《しん》が重く、思考力が鈍いのは睡眠不足のせいである。それでも彼女は、のびをするような仕種《しぐさ》で瀬田の頸《くび》に腕を巻きつけた。何の逡巡《しゅんじゅん》もなく、こんなことを出来る自分が不思議であった。たった一度の男女の行為が、瀬田との距離感を縮《ちぢ》めてしまったのである。今は親兄弟よりも、瀬田の方が近くにいるみたいだった。

　瀬田は涼子の喉《のど》に唇を押しつけて、柔らかく吸った。涼子は目を閉《と》じた。昨日まではまったく知らなかった甘い感覚が、身体の中心部を走り、四肢へ抜けて行った。

「一生、放さないで……」

「当り前だ」

「幸福だわ……」

　理由もなく感動が涼子の胸をこみ上げて来る。瞼《まぶた》の裏が熱くなった。男が乳房を愛撫《あいぶ》するのに、彼女は一種の安堵《あんど》感とともに満足を覚えていた。

　涼子の思索が整理されたのは、朝風呂の浴槽の中で思いきり手足をのばした時だった。旅館の浴室は、一般の家庭のそれと変りないほどの広さであった。水色のタイルのせいだろうか、朝の日射しを窓越しに吸取った浴槽の水は青磁《せいじ》色に澄んでいた。涼子の裸身は湯の中で屈折して、青白く輝いていた。

彼女はしみじみと、自分の身体を眺めやった。気のせいか、一夜のうちに肢体《したい》に女らしい円味《まるみ》がついたように思えた。時間をかけて吟味《ぎんみ》した結果、美しい——と、涼子は一人でうなずいた。

昨夜とは逆に、今朝は瀬田よりも涼子の気持の方が上ずっているようである。何となく動物的になったと、自分でも思った。男は最初だけ、女が自分を見失うのはそのあと——と、いつか洋裁学校時代の友達が言っていたことを涼子は念頭に置いた。

外見は同じでも、この身体の中身には変化が生じつつある。そのことを、まだ父も母も知ってはいないのだ、と考え込んだ時、涼子は昨夜の義久の電話の声を思い出していた。

彼女は、湯の中で坐りなおすように膝を折曲げた。

「あの写真？　変だな。あの写真、涼子が持って行ったんじゃなかったのかい？」

義久は電話でそう言った。つまり、涼子が送ってくれという久米緋紗江の写真は、アルバムに貼《は》ってない、と義久は言うのである。

「わたし、持って行こうとは思ったんだけど……古い写真じゃあ役に立たないだろうってやめたのよ。あの写真が失《な》くなっちゃったの？」

涼子はかじりつくように受話器を強く握りしめた。

「うん、今朝ね、母さんにいろいろとこれまでの経過を説明しようと思って、あのアルバムを持出したんだ」

「そうしたら、写真が見当らなかったの？」

「あの写真だけな」

「だって……ちゃんと、コーナーでとめてあったはずよ」

「コーナーでとめてあっただけだから、何かの拍子に写真が落ちてしまったんじゃないかな。糊《のり》で、べったりと貼りつけてあったなら別だが……」

「落ちたとしても、家の中にあるはずだわ。アルバムを外へ持出したりは、しなかったんだから」

「家の中は、一応、探してみたよ」

「それで、ないの？」

「うん……」

「お姉さんたちは？」

「悦子も忠志も、アルバムには手も触れなかったと言うんだ」

「おかしいわね」

「てっきり、涼子が九州へ持って行ったものと思っていたんだが……」

「そう。なければ仕方がないわ。そのうちに、とんでもないところから出て来るでしょう。

それで、何も変りはない？」

「特別には何もないが……忠志が大阪へ行くと言出してな」

「大阪？」

「学校の友達のお父さんが経営しているレストランが、大阪の道頓堀にあるんだそうだよ。そこで働くって、決めて来たというんだが……」

「お父さん、賛成したの？」

「反対なんだが……どうにも仕方がないことだろう」

「好きなようにさせれば……」

「まあ、詳《くわ》しいことは帰って来てから話したり聞いたりするが、とにかく気をつけて。瀬田さんに、よろしく……」

「はい、じゃあ……」

短い電話だったが、父親の声は今でも耳の奥に残っている。涼子は浴槽を出て、身体を拭《ふ》きながら、義久が気の毒だと改めて考える。

好きなようにさせれば——とは言ったが、涼子が口にする言葉にしては、はなはだ無責任であった。長男は変死するし、長女は縁談が駄目になって自殺しようとした。次男は、勝手に大阪へ行こうとしている。そして次女の涼子は、義久の信頼を裏切って男の腕に抱かれてしまった。親不孝な子供ばかり、そろっているような気がする。涼子は、浴室を出ながらそう思った。

久米緋紗江の写真のことは、あきらめるよりほかはなかった。その後、久米緋紗江は小山田家に出入りしてないのだから、彼女が自分の写真を持帰ったとは考えられないのである。久米緋紗江を除いては、故意に写真を隠すはずの人間はいないのだ。恐らく、茶ダンスの裏へでも落込んでいるのだろうと、涼子は解釈しておいた。

部屋へ戻ると、瀬田が茶をすすりながら女中のおしゃべりの相手をしていた。涼子は鏡台の前に坐って、二人の話を背中で聞いた。すぐ女中の顔を見るのは、やはり恥ずかしかったのだ。

「あっという間でしたよ。夜なんていう感じがしませんでした」

と、女中が息をはずませている。話題は、瑞穂市の大火の模様なのだろう。

「どのくらいの時間、燃え続けたの？」

瀬田が訊《き》いた。

「出火から鎮火までの間が、四時間五十分という発表でした」

「それだけの間に、人口八万九千の市が焼け野原になってしまったのかね」

「ひとなめでしたよ。消防なんて、手も足も出なかったし、ただ逃げ出すだけで精一杯だったんですからね。それでも、死んだ人が二十八人、行方不明と負傷者が百十一人……。その後、七人の行方不明者が死体で見つかりましたけど……」

「何が原因で、そんな大火になってしまったんだろう？」

「異常乾燥が、まず第一の原因でしょうね。それから、風ですよ。もともと、この土地は二月三月と空《から》っ風が強く吹くところなんですがね。霧島颪《おろし》っていうのが……。二月十一日の晩も、風が強かったんです」

「それにしても、死者と負傷者の人数が多すぎるなあ」

「あいにく、二月十一日は馬踊りがあって、各地から見物人が集って来ていたし、観光客も多かったので、出火と同時に市内の通りが大混乱になって……。だから、死んだ人や負傷者の大半は、焼け死んだのではなくて、踏殺されたりした圧死者だったそうですがね」

「その馬踊りっていうのは、何のお祭なんだろう？」

「古くから年中行事になっている、郷土民芸ですよ。昔、瑞穂は馬の集散地だったでしょう。馬のお蔭で生活出来るんだという意味もあって……つまり、馬に感謝するお祭ですよ」

「どんな踊りをするの？」

「百人以上の若い衆が車座になって、お酒を飲むんです。その輪の中で、馬の装束をした人たちが二十人ばかり、鳴りもの入りで踊り狂うんですよ。若い衆たちは歓声を上げながら、お馬さんに向って人参や塩やまぐさを投げつけて……選手交代で、夜中まで踊り続けるんです。その馬踊りが始って、間もなく、十時すぎに北本町というところから出火して……」

「失火だったのかな？」

「原因は、分らないんだそうですよ。北本町にある市の土木課の資材置場付近から火が出たということだけは、はっきりしているんですけど。あそこには、コールタールや機械油が置いてあったし、火の勢いが強かったわけですよ」

涼子は、窓際にたたずんだ。正面に半ば雲に隠れた山々の稜線《りょうせん》が流れていた。そして、その下には荒涼とした原野が広がっている。事実、原野に見えたのだ。新築の家が点在して、ブルドーザーが動いている。電柱の上にも、道路にも、人の姿はあった。だが、焼跡であることは、どうしても隠しきれなかった。視界が、赤茶けているのだ。地面が汚《よご》れているという感じであった。

涼子は、冷たい風を顔に受けていた。瀬田と女中の饒舌は終ったようである。茶碗を並べたりする音だけが聞えていた。女中は瑞穂市の大火の説明には、すっかり馴《な》れているようだった。二月十一日以降、この土地を訪れる人たちが、定《き》まって同じ質問をするからだろう。

「ねえ……」

と、涼子は思いきって女中を振返った。訊いてみなければならないと、昨夜から胸の中で温めていたことがあったのである。

「はい」

四十は越している女中は、若い涼子の呼びかけに柔らかく応じた。

「都城の出身なんだけど、長谷部綱吉っていう人を知らないかしら？」

涼子は瀬田の隣に席を占めてから、そう訊いた。

「長谷部さんって、長く東京で料理屋をやっていた、あの長谷部さんのことですか？」

女中は微笑した。

「やっぱり、ご存じだったのね」

「都城や瑞穂の土地に長い人で、長谷部さんの先代さんを知らない者はいませんよ」

「そんなに有名な人なの？」

「長谷部綱吉さんという人のことは、よく知りませんけど、先代さんが大地主でしてね。持っていた土地が恰度《ちょうど》、都城と瑞穂との中間のほとんどだったものだから、両方の市がいろいろと無理を言ったし、長谷部さんの先代さんも、二つの市に対して功労があったわけなんですよ」

「その長谷部綱吉さんが、東京で殺されたっていうことを知ってます？」

「聞きました。気の毒にね。戦前の大地主だから、戦後はすっかり落ちぶれてしまって……。長谷部綱吉さんも仕方なく東京へ出て、ずいぶん苦労したという話ですよ。やっとのことで料理屋の方もうまく行くようになったら……殺されてしまうなんて……」

「そうね」

凉子は俯向《うつむ》いた。自分が責められているような気がしたのである。事件の詳細を知れば、この女中も恐らく長谷部綱吉を殺したのは晴光だと判断するに違いない。

「長谷部綱吉さんを、知ってらしたんですか？」

女中が、飯を盛りながら言った。

「東京でね。よく長谷部さんのお店へ食事に行ったの」

と、凉子はあわてて胡魔化《ごまか》した。

「でも、虫が知らせたとでも言うんでしょうか。長谷部綱吉さん、あんなことになる前にちゃんと都城へ帰って来て、先祖のお墓参りをすませたんだそうですよ。大火のあとで落着かなかったもんですから、わたし、つい最近になってそんな話を聞きました」

「長谷部さん、都城へ帰って来た時は、どこに宿をとるのかしら？」

「親類縁者の家は幾らでもありますが、都城の〝みやこ屋旅館〟というところに泊るらしいですね。昔、先代さんが経営していた旅館だとかで……」

これで聞出したいことは、九十パーセント耳にした。地方の人は、自分の土地に関係していることについて口が堅い。長谷部綱吉に関しても、都城で聞込むより瑞穂の人の口を借りる方が容易だろうという涼子の考えは、図に当ったようである。

これで、長谷部綱吉が二月十日前後に宮崎県の都城に来たということの裏付けもとれそうだし、彼の宿舎も分った。あとは、宮崎県における長谷部と久米緋紗江の接触点を求めることであった。涼子は、九州旅行の目的を九分通り果したような気になった。

肩の荷をおろしたような気分も手伝って、涼子は宮崎県の観光地めぐりをしようという瀬田の提案に賛成だった。考えようによっては、これは涼子と瀬田の新婚旅行でもあった。

二人はバスで街道の分岐点である高城町まで出て、そこからハイヤーを奮発した。矢立峠を抜けて、北郷町から日南市へ向うのである。

日南市から海岸線に沿って北上する。南国の海を右に見て、鬼《おに》の洗濯板《せんたくいた》で聞えている日南海岸をドライブするのだ。途中、鵜戸神宮、サボテン公園、宵闇《よいやみ》の青島などに寄って宮崎の新観光ホテルに帰りついたのは、夜の八時近くであった。涼子にとっては、言うことさえない充実した一日だった。

しかし、突然の明日のように予期していないことが絶えず待構えているものである。

「お客さまが、お見えになってます」

ホテルのフロントに寄ったとたんに、瀬田はそう告げられた。涼子は反射的に、中二階にあるロビーを見上げた。手すりの隙間《すきま》に、形よくそろえられた女の脚が見えていた。

匂い

涼子と瀬田が振向いたのに気づいた女は、ロビーから目礼《もくれい》を送って来た。涼子も慌《あわ》てて会釈《えしゃく》を返したが、女の顔に見覚えはなかった。

三十前後というところだろうか。グレーのスーツの胸につけてある白い造花のアクセサリーが、上品な感じである。若奥さま、と呼ばれていそうな女だった。

「誰？」

ロビーに背を向けて、涼子は瀬田に囁《ささや》いた。

「よくは知らないんだけど……。多分、別府の菊丁苑から来た人じゃないかと思うんだ」

瀬田は自分の左の肩越しに、ロビーの女を見やりながら言った。

「菊丁苑の人？」

涼子は驚いた。『菊丁苑』は別府の旅館で、久米緋紗江のアリバイ表によると、彼女はそこに三泊したことになっている。その『菊丁苑』の人間が、宮崎の新観光ホテルに涼子たちをたずねて来るわけがない。

「どうして、菊丁苑の人って分るの？」

「ぼくが、ここへ来てくれるように頼んでおいたからさ」

と、瀬田は一人でうなずいている。

「いつ、そんなこと頼んだの？」

「昨日の朝、ここから電話したんだよ。君が気拙《きまず》いような顔をして、むっつり黙り込んでいる時だよ」

「ああ、あの電話……」

昨日の朝、食堂で口をきこうともしなかった涼子を持てあまして、確かに瀬田は電話をかけに席を立った。

「延岡の工場へ電話して、明日の夜にでも菊丁苑の人をこのホテルまでよこすように取計らってくれって、頼んだんだ」

「どうして、菊丁苑の人を呼んだりしたの？」

「どうしてって、もしかすると君と一緒に別府まで行けなくなるんじゃないかと思ったんだよ」

「別府まで行けなくなるって……?」

「考えてごらん。昨日の朝の君の態度を。瑞穂でああいう夜を迎えられるなんて、とても想像出来なかったくらいだよ。用をすませたら、一人でさっさと東京へ帰ってしまうみたいな勢いだったろう」

「だって……」

凉子は顔を伏せた。瀬田の言う通り、一昨日の夜の惨めな抵抗も、昨日の朝の味気《あじけ》なさも、まるで嘘のようであった。あれほど硬化したくせに、昨夜の甘え方と言い、今朝の媚《び》態《たい》と言い、まったく女は脆《もろ》いものだ——と、凉子は伏せた顔を熱くしていた。

「別府へ行かないと君が言出したら、菊丁苑での久米緋紗江については調べられなくなる。それでは仕方ないと思って、菊丁苑の人をこっちへ呼びつけようと……」

「ごめんなさい」

「こんなに楽しく二人で旅をすることが出来るって分っていたら、菊丁苑の人を呼ばなかったんだけど……」

「でも、よく別府からわざわざ来てくれたわね。商売でもないのに……」

「こういうことは、土地の人間に頼むのが一番だよ。顔を利《き》かしてもらうのさ。延岡工場から大分県の新聞社に話をつけてもらったんだ。その代り、クジャク石鹼の指定旅館とするように努力しますからって言ってね」

「悪い人ね」

「昨日の朝、君があんなに怒ったふうを見せるからだよ」

「とにかく、待たしちゃ悪いわ」

「うん。行こう」

「わたしも、行っていいの？」

「当り前だよ。君だって、菊丁苑の人から久米緋紗江のことを、いろいろと訊き出したいだろう」

「相手が女の人だから、邪魔してはいけないと思って……」

「つまらない皮肉だ」

と、カウンターを離れた瀬田を追って、涼子は無意識に彼の腕に手をかけていた。

二人が中二階のロビーへ通ずる階段を上がって行くと、女はしとやかな物腰でソファーから立上がった。

「美人ね」

階段の途中で、涼子は声をひそめて言った。事実、女は美人だった。どちらかと言えば昔風の美貌だったが、色が白くて目が大きいから洋装がよく似合っていた。脚の線も綺麗《きれい》だし、身体の円味《まるみ》が成熟しかかった人妻のそれであった。

「あのう……クジャク石鹸の瀬田さんでいらっしゃいますか？」

女は鼻にかかったような声で言って、腰を折った。美人でも、笑うと愛嬌《あいきょう》のある顔になる。どことなく艶《つや》っぽい商売柄といった感じである。どうも、女中さんではないらしい。

「はあ、瀬田です。別府の菊丁苑の方ですね？」

瀬田は札入れから、名刺を一枚抜取った。

「はい。黒木でございます」

「失礼ですが、菊丁苑の経営者の……」

「主人が、菊丁苑を経営しておるんでございます」

「そりゃあ、恐縮ですね。奥さんに遠いところを、わざわざお出まし願ってしまって……」

「いいえ。大切なご用事と聞きましたんで、女中を来させるなんてことは出来ませんわ」

「いや、どうも……」

「わたしどもは商人でございますから、今後、ご贔屓《ひいき》頂けるということでしたら、どんな遠方にでも参りますわ」

女はやはり、若奥さまだった。瀬田にも、女が旅館の経営者かそれに準ずる人間だということは、すぐ分ったらしい。それにしても、感じのいい女である。礼儀正しいし、愛想がよかった。それでいて、今後ご贔屓頂けるなら、と肝腎《かんじん》なところは釘を刺している。

「ええ、菊丁苑はもう是非、うちの社の指定にするように尽力しますから……」

と、瀬田の方が、いささか苦しそうであった。

「頂きます……」

女は瀬田の名刺をバッグにおさめてから、涼子の方にも笑顔を向けて来た。

「ご新婚で？」

そうした言葉が、女の口からは実に自然にこぼれる。

「はあ……涼子と申します」

一瞬、涼子は戸惑《とまど》ったが、咄嗟《とっさ》に苗字《みょうじ》を抜いて名前だけを口にしておいた。妻らしく装《よそお》ったつもりである。新婚には違いないのだ——と、あとから自分に弁解しておいた。

「黒木サヨでございます。どうぞ、よろしく……」

女は、瀬田と涼子が向いの席につくのを待って、自分も腰をおろした。

「ところで、早速ですが……菊丁苑に泊った人のことについて、お聞かせ頂こうと思って……」

瀬田がまず、口火を切った。

「はあ。あの、杉浦ヒサエさんという方について、とうけたまわっておりますが……？」

黒木サヨは、赤い表紙の小型の手帳をバッグからとり出した。瀬田から、あらかじめ杉浦ヒサエという女のことで訊きたいと通じてあったのだろう。黒木サヨは、必要なことを手帳に書込んで来たのである。

「その杉浦ヒサエなんですが、奥さんは直接お会いになられましたか？」

「いいえ。それが……わたくし、ほとんど外回りの仕事をしておりますので、お客さまに会うようなことは滅多にございませんの」

「すると……」

「でも、大丈夫でございますわ。杉浦ヒサエさんのお部屋の係りだった女中から、詳《くわ》しく聞いて参りましたので……」

「では、まず杉浦ヒサエが菊丁苑に泊っていた期間から、お尋ねしましょう」

「はい……」

と、黒木サヨは、赤い手帳を開いた。

「二月の十二日、夜九時半ごろにお着きになりまして、この時は殿方とご一緒でしたが……翌日の正午前に殿方だけお発《た》ちになってますわ」

「その男は、杉浦出来夫と宿帳に記名しましたね？」

「はあ。ご夫婦ということになっております。それで、杉浦ヒサエさんの方は十三日もそのままお残りになって、一日中、お部屋にいらしたそうです。十四日は、別府市内や大分市をお歩きになって、夕方お帰りになりました。十五日は朝早く、お出掛けになってますね。その晩はお帰りになりませんでしたけど、翌日のお昼ごろひょっこりお戻りになって、お荷物を受取ると……それでお発ちになられたわけですわ。係りの女中に、昨日ふっとその気になって宮崎まで行ってしまったんだけど、宮崎がとても素晴しいので、これからもう一度引返すのだ、とおっしゃっていたそうです」

黒木サヨは、手帳と瀬田の顔を交互に見やりながらしゃべった。一応、黒木サヨの話と久米緋紗江のアリバイ表とは符合《ふごう》していた。ただ久米緋紗江が菊丁苑に残して行った荷物のことについては、もう少し詳しく聞いてみる必要がありそうだった。

「あのう……」

と、涼子が瀬田に替って、上体を黒木サヨの方へ傾けた。

「杉浦ヒサエの荷物のことですけど……」

「はあ……」

黒木サヨは柔らかい微笑で、涼子の質問を受けとめた。

「杉浦ヒサエは、二月十五日の朝、菊丁苑を出る時、荷物をそっくり残して行ったんですか？」

「実は、そのお荷物のことなんですが……それがどうも、はっきりしていないんでございますよ」

「はっきりしていないというのは……？」

「赤革の大きなスーツ・ケースだけは、確かに置いて行かれたんです。それは十六日に、お荷物をお引取りに戻られた時、お渡ししたものですから間違いないんだそうですけど……。係りの女中が、あの方はもう一つお荷物を持っていらしたと言うんです。十五日の朝お出掛けになった時は、そのもう一つの方のお荷物を……」

「持って行ったらしいんですか？」

「と、女中が申すんでございます」

「それは、どんな荷物だったんでしょうか？」

「どうも、女中の記憶が曖昧《あいまい》なんですが、スーツ・ケースかボストン・バッグか……まあ、そのようなお荷物で、黒っぽかったと言うんでございますよ」

「その荷物を、杉浦ヒサエは十六日に菊丁苑へ戻って来た際、手にしていなかったんですか？」

「そうなんでございます。きっと、宮崎の旅館にでも置いて来られたんだろうと、係りの女中は言うんですが……」

「でも、どうしてそんな荷物のことが、お宅では問題になったんですか？　係りの女中さんも、大分気にしているらしいし……」

「はあ。勿論《もちろん》、何でもないお荷物のことでしたら、お客さまがどれだけお持ちになってお出掛けになろうと、またどのお荷物を宿に置いて行かれようと、わたくしどもではいちいち気にはかけません。ところが、そのお荷物が係りの女中の印象に残ったと申しましょうか……」

「何か、変った荷物だったんですか？」

「はあ。長年、旅館の女中をやっておりますと、変ったお客さまのことがひどく気になるものらしいんでございます。その女中は、最初の晩、杉浦ヒサエさんとご一緒だった殿方が、温泉旅館へいらしたのにどうしてもお風呂《ふろ》をお召しにならないっていうことと、その杉浦ヒサエさんのもう一つのお荷物のことを馬鹿《ばか》に気にかけているようで……」

「どういうふうに特別な荷物だったんでしょうか？」

「匂い……だと、その女中は申しておりました」

「匂い？」

「はあ……、とても強い匂いのするお荷物でして、持った時も重かったし、中でガラスが割れているような音がしたんだそうですよ。そんなわけで、女中はそのお荷物のことを覚えていたらしいんでございますが……」

「匂いって、どんな匂いだったのかしら？」

「ツーンと鼻をつくような……その女中に言わせると、アンモニアってございますでしょう。あのアンモニアの匂いだったそうなんですが……」

「アンモニア……」

「あまり、温泉へいらっしゃるのにお持ちになるもの、ではございませんねえ」

同意を求めるように、黒木サヨは涼子の顔を下からのぞき込んだ。涼子はうなずいた。

うなずきながら、これが重大な手がかりになるかどうかは別として、菊丁苑の経営者の妻がもたらした情報は意外なものだったと涼子は思った。杉浦出来夫という男が、別府の旅館に来ていてどうしても入浴しようとしなかった、という話も変っている。それに拘泥《こうでい》せずにいられないのは、アンモニアの匂いのする久米緋紗江のもう一つの荷物——である。

黒木サヨも言っているが、確かに旅行するのにアンモニアなど持歩くのは、正常ではない。それも、荷物を持っただけでアンモニアの臭気を嗅《か》ぎとったというのだから、かなりの量だったのに違いない。久米緋紗江は何のために、大量のアンモニアなどを持歩いていたのだろうか。

久米緋紗江は二月十五日、菊丁苑を出る時に、そのアンモニアの匂いのする荷物を携行《けいこう》したらしい。そして、翌十六日、菊丁苑へ残して行った大型スーツ・ケースを引取りに来た際には、そのアンモニア臭い荷物は手にしていなかったという。

涼子の想定では、二月十五日に久米緋紗江は東京へ帰ったということになっているのだから、そのアンモニアの荷物は当然、東京へ運ばれたものと考えなければならない。

「今夜、どこかに宿をおとりしなければ……」

と、瀬田が黒木サヨに言った。

第四章　父

糸口を求めて

　涼子が九州へ旅立って、まだ三日とたっていない。それなのに、義久にはずいぶん長い間、娘と会っていないように感じられた。これまでに、あまり涼子が外泊するようなことがなかったからだろう。

　昨夜遅く、九州にいる涼子から電話があった。久米緋紗江の写真を送ってくれなどと言って来たが、どうやら元気で宮崎県を飛歩いているらしい。

　そして今日は三月十八日──と、義久はカレンダーを眺めやりながら、ネクタイを結んだ。晴光が死んでから、もう一ヵ月以上になる。早いものだと妙なことに感心して、自分も老人の部類に入るらしいと義久は思った。

「お出かけですか？」

寝巻の上から羽織をひっかけて、雅子が茶の間へ入って来た。昨日今日と、雅子は大分血色がよくなったようである。

「うん……」

義久は上着の袖《そで》に腕を通しながら、病み上りの妻を振返った。

「どちらへ？」

雅子は、急須に湯を注いで、湯呑《ゆのみ》へ手をのばした。久しぶりに見る、テーブルを前にした妻の姿である。

「新橋保健所へ行って来る」

義久は小銭入れの中の硬貨の数を、指先で算《かぞ》えた。

「新橋保健所へ、何をしに行くんですか？」

「うん……。ちょっと、調べたいことがあってな」

「晴光のことで？」

「まあ、そうだ」

「およしなさいよ、お父さん。若い者と違うんですよ。涼子に刺戟されて、探偵の真似《まね》ごとみたいな……」

「うん、まあ、そう言うな」

義久は苦笑した。探偵の真似ごと――という雅子の表現が、当を得ていて滑稽《こっけい》なくらいだったのである。

「晴光のことは、わたしたちも諦《あきら》めたんだし……今さら、変ったことをして恥をかかないようにして下さいよ」

と、雅子は玄関まで義久を追って来て、しつっこく喰い下がった。義久は笑いだけで、適当に胡魔化した。雅子に、これまでの経緯《いきさつ》を説明するには手間がかかる。説明したところで、雅子は納得しないだろう。女は年をとると、ますます事なかれ主義になる。半面、真相が分っても死んだ晴光は生き返りはしない、といった合理的なところもある。この場合、雅子はつんぼ桟敷《さじき》に置いておくべきだった。

「夕方までには帰るつもりだ」

義久はそう言いおいて、逃げるように玄関の外へ出た。曇天《どんてん》である。正午前だというのに、地上に落ちている影もない。雨の心配はなさそうだが、雲は厚かった。

義久は新橋保健所へ行って、衛生課の女子事務員に会う心づもりだった。この女子事務員は、酒井とかいう名前だと記憶していた。

二月十六日の午後四時ごろ、この酒井という女事務員は晴光に頼まれて、新橋ストアへ洋菓子を買いに行ったそうである。それが、長谷部綱吉殺害の現場にあった問題の洋菓子なのだ。

義久は、そうしたことが事実かどうかを確かめに行くわけではない。酒井という女子事務員に訊きたいのは、生前の晴光が二月十五日の午後、銀座四丁目の交差点で接した奇妙な現象について、しゃべらなかったかどうかである。

洋菓子を買って来てくれなどと頼まれるからには、酒井という女事務員は晴光と親しかったに違いない。あるいは、久米緋紗江が目の前で消えてしまったという話を、晴光から聞かされているかも知れないのだ。

義久が、こんなことを調べる気になったのは、涼子が九州へ出発してしまってからであった。涼子はただ、久米緋紗江のアリバイを確認することだけに心を奪われている。もちろんそれも重要なことである。しかし、涼子はどうも肝腎《かんじん》な点を忘れているようだ――と、義久は思った。

涼子は、飛行場もないのに飛行機を組立てることばかり熱中しているみたいではないか。涼子は、久米緋紗江が長谷部綱吉と晴光を殺した犯人だと決めてかかっている。義久も同じ意見だ。とすれば、まず久米緋紗江が二人の男を殺さなければならなかった動機というものを、最初に考えなければならない。それと同時に、晴光が死をしいられるまでの過程を、義久は知りたかったのである。

昨夜の涼子からの電話によると、やはり九州における久米緋紗江のアリバイは曖昧《あいまい》なものらしい。久米緋紗江はある理由から、長谷部綱吉を抹殺《まっさつ》しなければならなくなり、旅行中だった九州より密《ひそ》かに上京して来た――と考えてよさそうである。

その久米緋紗江を、たまたま晴光が銀座四丁目の交差点で目撃した。晴光は声をかけた。その声が、久米緋紗江の耳に達したかどうかは分らない。たとえ聞えたとしても、彼女は知らん顔を続けたことだろう。

ここで、晴光は久米緋紗江の姿を見失ってしまった。晴光に言わせれば『目の前で消えてしまった』のである。だが、これは久米緋紗江が仕掛けたトリックではない。彼女は銀座四丁目の交差点で、晴光と出会うことを予期していたわけではないから、あらかじめそんなトリックを用意していたとは考えられないのだ。

久米緋紗江の姿が消えた――というのは、晴光自身の錯覚に違いないのである。だから、このまま晴光が一種の幻影とでも考えて、久米緋紗江を見かけたことを忘れてしまえば、あるいは殺されずにすんだのかも知れない。

久米緋紗江にしても、晴光の口がそれほど危険ではないと判断すれば、何も殺人を一つふやさなくてもよかったのだ。

しかし、久米緋紗江は晴光の口が危険だと判断したのである。そのように判断した根拠《こんきょ》は何か。晴光が、久米緋紗江を銀座四丁目の交差点で見かけて、その直後に彼女の姿が忽《こつ》然《ぜん》と消えてしまったということに強い関心を示していると見たからだ。

晴光が関心を抱いて、そのことにこだわるようになれば、久米緋紗江にとっては不利である。後日、長谷部綱吉殺しと久米緋紗江を結びつけて警察が追求を始めるようなことになれば、晴光の証言が重要なポイントとなるのだ。

それなら、晴光も殺してしまってその口を封じ、同時に長谷部綱吉殺しも晴光の犯行と見せかけようという一石二鳥の手段を用いたのに違いない。

では、晴光が久米緋紗江を目撃して、また彼女を見失ってしまったということに重大な関心を向けている——と、見てとったのは、どういう根拠に基《もと》づいてだろうか。

晴光が、自分の体験を興味深そうに第三者に話して聞かせたからだ、と想定するほかはない。

事実、晴光は二月十五日夜、一家そろって食卓を囲《かこ》んだ際に、昼間の銀座四丁目で体験した不思議な話を家族全員に聞かせたではないか。

あり得ないようなこと、不可能と思われる事実に接した人間が、それを周囲の者にしゃべるのは当然である。半ば得意気に、半ば気味悪そうに、人間というものは珍しい話を他人に聞かせたがるのだ。

晴光も、家族たちに話して聞かせたのと同じような調子で、久米緋紗江のことを何人かの人間にしゃべったのだろう。期間は二月十五日の午後から十六日の午後まで――この間に顔を合せた相手に、晴光は話したはずである。雑談の中に織りまぜるべき話だから、相手は晴光と気安い仲の連中に限られる。

しかし、その晴光と親しい間柄の連中の中に、久米緋紗江とも密接な関係にあった人間がいたのだ。仮に、その人間をXとしておこう。Xは二月十五日、十六日のうちに、久米緋紗江と会っている。その際に、Xは晴光から聞いた話を久米緋紗江に伝えたのだ。わざわざ報告したものか、そうでなければ、

「小山田に会ったら、銀座四丁目の交差点で君を見かけて、声をかけながら追ったのだけれど、君の姿が煙のように消えてしまったと、しきりに気にしていたよ」

というふうに、笑い話として聞かせたのだろう。

久米緋紗江は危険を感じた。晴光がしきりに気にしている――もしかすると、自分に会いに来るかも知れない。いずれにしても長谷部綱吉殺しには大きな障害となりそうである。久米緋紗江は新たに、晴光を殺す計画を立てた――。

義久が知りたいのは晴光の話を久米緋紗江に通じた人間がだれかであった。

その手始めに、まず新橋保健所の酒井という女子職員に会い、そこから晴光と接した人

間たちの糸を手繰《たぐ》ろうというわけである。

新橋保健所は、国電の新橋駅から五分ほど歩いたところにあった。浜松町と銀座を結ぶ都電通りに面していて、古ぼけた木造建の建物だった。

義久は受付で、衛生課の酒井さんに面会したいと告げた。保健所には職員用の面会室などないらしく、紺色の上っ張りを着た若い女が入口まで出て来た。

「酒井好子です」

若い女は、笑顔を見せて一礼した。明るい感じのハキハキした娘だった。

「小山田さんって……ああ、亡くなられた小山田さんの家族の方でしょうか？」

と、向うから訊いて来た。

「父親です」

義久は、何となく都電通りの方へ足を向けた。人の出入りが激しい保健所の入口で、立話もしていられなかった。

「わたくしのお部屋でお話してもいいんですけど、改築工事中で事務室はとても喧《やかま》しいんです」

酒井好子は、義久のあとを追って来ながら言った。

「ほう。保健所は改築中なんですか？」

「だって、戦後すぐ建てて、それっきりの建物でしょう。雨もりが、だんだんひどくなるんですもの」

と、酒井好子は長い舌《した》を出した。

雨もりのひどい事務室で、晴光は働いていたのだ——と、義久は酒井好子と肩を並べながら息子の死を信じられない気持になった。

二人は銀座の方向へ、ゆっくりと歩いた。入り馴《な》れない喫茶店へ若い娘を誘《さそ》うのは、義久には億劫《おっくう》だった。

「あなた、久米緋紗江という人を知ってますか？」

前へ顔を向けたまま、義久は訊いた。

「久米緋紗江さんって、あの……」

酒井好子は小さくうなずいた。

「そうですよ。二年前ごろには、まだ新橋保健所に勤めていた人です」

「知ってます。そのころ、小山田さんと親しくしていた人だわ」

「晴光があんなことになる前日……つまり、二月十五日の午後、それから十六日でもいいんですが、あなたは晴光から珍しい話を聞かされませんでしたか？」

「珍しい話？」

「銀座四丁目の交差点で、その久米緋紗江という人が消えてしまった……」

「人間が消えたって……さあ、そんな話、聞いたことないわ」

「晴光の口から、聞きませんでしたか？」

「ええ。小山田さんは仕事熱心だったから、職場であまりおしゃべりしませんでした。それに衛生監視員って、とても忙しいでしょう。午後は外回りの仕事が多いし……」

「すると、二月十五日の午後、晴光は職場の同僚たちと雑談している暇もなかったんでしょうか？」

「二月十五日と言われても、すぐにはピンと来ないわ」

「つまり、晴光があんなことになる前日……あなたが晴光に頼まれて、新橋ストアへ洋菓子を買いに行かれた……あの前の日なんですがね」

「待って下さい。今、思い出します。二月十五日……は、銀座七丁目の〝清六〟で中毒事件があった日の翌日だわ」

「そう、そうです」

銀座七丁目にある料亭『清六』で中毒事件が発生して、翌日の十五日はその件に関する書類を作成してから保健所を出た。そして、銀座四丁目の交差点で久米緋紗江を見かけた——と、晴光が説明していた。

「あの中毒事件のあった翌日……」

酒井好子は目を細めたり、またすぐ大きく見開いたりしていた。

「午前中は、報告書などの書類を作るのに大童《おおわらわ》だったと、晴光は言ってましたが……」

「そう、小山田さんは食事をすませて、それから外回りの仕事に出かけたんだわ」

大発見でもしたように、酒井好子は大きな声を出した。すれ違った通行人が、驚いたような顔で振向いた。

「何時ごろでした？」

「ええと、二時半ごろだったかしら？」

「あなたと晴光の席は近いんですか？」

「職場で？」

「ええ」

「向い合いなんです。だから、小山田さんが離席したり、外から帰って来たりすれば、いやでも気がつきます」

「十五日の午後、二時半ごろに保健所を出てから、晴光はどこを回るつもりだったんでしょうか？」

「くわしくは知りませんけど……そうだわ、途中で病院に寄るとか言っていたみたい」

「それで、役所へ引揚げて来たのは五時ちょっと前だったかしら。それから間もなく、お宅へ帰られたんだわ」

「病院へ？」

十五日だけに限れば、晴光は余計な人間と接触していないようである。巡回の途中で寄ったという病院の誰かを除いては――。

入院患者

銀座六丁目のあたりまで来た時、酒井好子はふと足をとめた。立ちどまった二人の肩や腰に、たちまち通行人の腕、バッグなどがぶつかり始めた。

「あのう……。あまり遠くへは行けないんです。勤務時間中ですから……」

酒井好子は義久を見上げて言った。

「それはどうも、気がつきませんで……」

義久は苦笑した。二十五年間もサラリーマン生活をして来た自分らしくもない――と、義久はあわてて今来た方向へ身体を半回転させた。身内の人間のこととなると、こうも身勝手なものなのか。義久は、涼子も九州で他人に迷惑をかけているのではないかと思った。

二人は再び、新橋方面へ向って歩き出した。

「お役所の近くにいるのでしたら、まだ時間はいいんですけど……」

と、酒井好子はつけ加えた。義久を気の毒に思ったのだろう。

「いや、保健所へ帰りつくまでお話をうかがえれば、それで充分ですよ」

義久はこの酒井好子という娘に好感を持った。美人ではないが、明朗で健康的だった。家庭的な女性であるに違いない。晴光も久米緋紗江などには構わずに、この娘と結ばれればよかったのに——と、義久はまたしても老人じみた愚痴《ぐち》っぽい考えにとらわれる。

確かに、酒井好子と結婚でもしていたら、晴光は三十前で死んでしまうようなことはなかっただろう。ほんの些細《ささい》な生き方の相違が、運命を狂わせてしまうのだ。だから、突然の明日が訪れる。義久はにわかに、九州にいる涼子の身の上が心配になって来た。

「それで、翌日の十六日ですけど……」

酒井好子が中断されていた話の続きを始めた。

「小山田さんは珍しく遅刻して来ました。疲れて、なかなか起きられなかったって言ってましたけどね」

「そうですか……」

義久の思考は、現在の時点に引戻された。

「午前中はいつもの通り、自分の席で仕事をしていて……午後は、そうだわ。あの日、午後から衛生管理講習会があったんだわ。小山田さんは講師として、講習会に出席したはずです」

「その講習会というのは何ですか？」

「月に一回、飲食店の経営者に衛生観念をうえつける意味で、この講習会が開かれるんです」

「どこで、やるんです？　その講習会というのは……」

「役所の会議室で開かれるんです。新橋保健所管内の業者たちが集ります。食品衛生監視員の小山田さんは、必ずこの講習会へ講師として出席するんです」

「その講習会が終ったのは？」

「四時です。思い出したわ。それまで、何度も小山田さんのところへ女の人から電話がかかっていたんです」

「女の人から？」

「ええ、そのたびに講習会に出席中ですからって、断っていたんですけど、講習会が終って小山田さんが席へ戻って来たとたんに、また電話がかかって来ました。わたくしが電話に出て、相手が同じ女の人の声だったものですから、これで四度目よ、大変なご執心《しゅうしん》ね、と冷やかしながら、小山田さんに受話器を渡したのを覚えています」

「その女の人の声に、聞き覚えはありませんでしたか？」

義久は一旦、足をとめようとしたが、思いなおして歩き続けながら訊《き》いた。

「さあ……」

酒井好子は軽く首を振った。

「では、その女の人と晴光が電話でどんな話をしていたか、耳にしなかったでしょうか……？」

「まさか。そんな失礼なこと、相手が小山田さんでも出来ないわ。ただ、感じとしては小山田さんは聞かされ役で、あまり具体的なことは口にしなかったようですけど……」

「それから間もなく、晴光は洋菓子を買って来てくれと、あなたに頼んだわけですね？」

「そういうことになるかしら。わたくしが新橋ストアへ出かけて行ったのは、四時ちょっとすぎころだったから……」

「お菓子を買って来てくれと頼んだ時、晴光はあなたに何か言いませんでしたか？　たとえば、これから人に会うんだとか、どこどこへおみやげに持って行くんだとか……」

「別に……。わたくしの方からも尋ねなかったし……」

その電話の女は、久米緋紗江に違いない――と、義久は胸のうちでうなずいた。久米緋紗江は、電話で晴光を呼出したのだ。晴光はその呼出しに応じて、久米緋紗江と会うことにしたのだろう。

久米緋紗江から会いたいという電話がかかれば、晴光にはそれを拒む理由はない。二年前までの恋人だったのだし、それに銀座四丁目の交差点で姿を消してしまったという前日の奇妙な現象についても、会って確かめたい気持があったのだ。

喧嘩《けんか》別れしたわけでもない。しかも、肉体関係まであった女に二年ぶりで再会することになれば、男は洋菓子の手みやげぐらいは持って行こうと考えるだろう。

酒井好子に買わせた洋菓子は、殺された長谷部の部屋に置いてあった。しかし、あの洋菓子は長谷部のために買ったとは思えなかった。長谷部に用があって会うつもりならば、前もって辛党《からとう》か甘党《あまとう》かぐらいのことは訊いておくだろう。

酒飲みのところへ洋菓子のみやげを持込むことほど、間の抜けたやり方はない。あれは、久米緋紗江のために買っておいた洋菓子なのだ。

久米緋紗江は、重大な話があるので自分と会うことは誰にも言わないでくれ、とでも晴光に一本、釘《くぎ》を刺しておいたのに違いない。そう言われれば、普通の人間なら相手の意に従うだろう。

それで晴光は、電話の相手が久米緋紗江だったことも、また洋菓子の用途も酒井好子にしゃべらなかったのだ。

「晴光が役所を出たのは、何時ごろでしたでしょうか？」

もう目の前に、新橋保健所の建物が見えていた。交差点を車の列が流れ、折れ、往き交った。そのちょっとした切れ目を縫って、歩行者が小走りに道路を横断する。オーバーを着ている人は、まったく見当らなかった。柔らかな日射しにも、春の匂いがする。

「十六日は、やはり五時すぎにお帰りになったんじゃないかしら」

酒井好子は、ハンカチをとり出して口許《もと》へ当てた。そのハンカチから、香水の匂いが散った。

「一人でですか？」

「小山田さんは、いつも一人で帰られます」

「そうですか。では、最後にもう一つだけ教えて下さい」

「どうぞ」

「メチル・アルコールなんですが、晴光はそんなに容易《たやす》くメチル・アルコールを保健所から持出せたんでしょうか？」

「そのことについては、警察の人が来てずいぶんしつっこく訊いて行きましたけど……。薬務室や衛生試験室には、確かに大量のメチル・アルコールが置いてあります。わたくしなんかが、そんなところへ行ってメチル・アルコールを持出そうとすれば目立ってしまうし、怪しまれもします。でも、衛生監視員の小山田さんだったら、誰も気にかけないんじゃないかな。もっとも、あの事件以来、役所では管理をとても厳《きび》しくして、使った分量も細かく記載するように規定を改めたんです」

「いや、どうも有難うございました」

「あら……！」

酒井好子は、義久の挨拶《あいさつ》など上の空で、都電通りの方へ向けた顔を輝かせた。義久は彼女の視線を追った。

都電通りを横切って、一人の青年がこちらへ近づいてくる。

「じゃあ、失礼します」

義久に口早にそう告げると、酒井好子はもう一散に走り出していた。義久は半ば面食《く》らいながら、彼女を見送った。

酒井好子は手を振って青年のそばに駆寄った。青年が立ちどまった。二人の笑顔が見えたが、すぐそのまま肩を並べて、新橋保健所の方へ歩いて行った。

青年は、酒井好子の恋人に違いない。義久は一人、とり残されたような気持になった。酒井好子はすでに、晴光のことなど念頭に置いてないだろう。所詮《しょせん》は他人なのである。さっき、酒井好子と晴光が結婚でもしていたらと考えたりしただけに、義久は寂しかった。

彼はしばらく、その場にたたずんでいた。新橋駅へ向ったのは、五分ほどたってからであった。

十六日の夕方五時すぎに、晴光は新橋保健所を出たという。それから、どこかで久米緋紗江と落合ったのだ。久米緋紗江は口実を設けて、長谷部綱吉と会ってくれるように晴光を巧みに説得したのだろう。

料亭『高千穂』の支配人の許へ女の声で電話がかかり、長谷部綱吉と面談したいから場所を指定してほしいと言って来たのは、十六日の夕方六時すぎだったという話である。言うまでもなく、晴光の代理だと称する電話の女は、久米緋紗江だったのだ。彼女は晴光と話合いをすませてから、この電話をかけたのだと考えるべきである。

どうもはっきりしないのは、晴光が久米緋紗江の消滅に関心を持っているということを彼女に伝えた人間だった。

酒井好子の話をそのまま信ずるならば、十五日、十六日の両日とも、晴光は余計な人間に接触していないのだ。十六日の午前中は自分の席で執務、午後は衛生管理講習会に出席していた。講習会の最中にも、久米緋紗江から電話があったというから、彼女はもっと前に晴光の存在が邪魔《じゃま》であると判断する根拠を得ているのである。

どうやら、晴光が久米緋紗江のことを誰かにしゃべったのは前日——十五日だったようだ。十五日の夜、晴光は家族全員にこの話を披露《ひろう》している。しかし、家族は除外するのが当然である。

するとと、十五日の午後三時から五時までの間に会った人間に、晴光は久米緋紗江の話をしたということになる。

晴光は病院へ寄ると言っていたからだ。その病院の関係者にしゃべったと見るほかはない――と、義久は家の玄関の前に立った時、結論づけたのである。

「ずいぶん、早かったんですね」

玄関へ出て来た雅子は、ホッとしたような表情だった。

「ああ……」

義久は脱《ぬ》いだ靴《くつ》を、三和土《たたき》に投捨てた。どうも疲れて仕方がない。事件の真相が分ったとたんに病気になるのではないか、とそんな気がした。

「晴光の友達に、医者はいなかったかな」

茶の間へ入るとすぐ、義久は雅子に声をかけた。

「お医者さん？」

雅子の声が台所でした。

「うん」

「さあねえ、お医者さんをしている友達なんて、聞いたことありませんね」

「じゃあ、看護婦さんはどうだ？」

「知りませんね」

「もっとも、友達じゃなくても知合いの医者っていうのがいるか。食品衛生監視員という職業なら、病院関係者と接する場合も多いだろうし……」

「何を急に、そんな妙なこと……気にし始めたんです？」

と、雅子が台所から出て来た。両手に小皿《ざら》を持っている。雅子は二つの小皿をテーブルの上に置いて、自分も坐り込んだ。畳《たたみ》の上にジカに腰をすえている。

「座布団を使ったらどうだね」

義久は、あいている座布団を一枚引寄せた。

「いいですよ」

「よくはないよ」

「これが、長年の習慣なんだから……」

「病気上りじゃないか」

「もう大丈夫。それより、これでお茶漬いかがです？」

雅子にそう言われて、義久は小皿に目を近づけた。

「ほう、からすみじゃないか。しかし、これは酒の肴《さかな》だよ」

「そうですか。長崎にいる女学校時代の友達が送ってくれたんです。晴光のことを知っていて、人生にはいろいろなことがあるから力を落さないようにって、手紙に書いて来てくれてね。友達って有難いものだと思いましたよ」

「そうかい……」

「それで、お父さん、晴光がお医者さんと何かしたんですか？」

「いや、そうじゃないんだ。晴光は二月の十五日に、どこかの病院へ寄ったらしいんだが、どこの病院で誰に会ったか知りたくてね」

「十五日……あの前の日ですね？」

「そうだ」

「それなら、分ってますよ」

「分ってる？」

「ええ。晴光はお医者に会いに行ったんじゃなくて、入院患者のお見舞に行ったんです」

「どこの病院だ？」

「赤羽橋の済生会病院。十六日の朝、晴光が涼子に頼んでましたよ。昨日お見舞に行ったらカステラを食べたいって言ってたから、今日、届けてやってくれって。瀬田さんが、入院していたんですよ」

死んだ子供に関する母親の記憶は正確である。雅子は昨日のことを思い出しているような顔つきだった。

かけ・かかる

雅子の言葉に、正直なところ義久は落胆した。晴光が済生会病院に瀬田を見舞ったということは、意外だった。意外ではあったが、相手が瀬田ではどうにも仕方がない。義久は大切に持帰って来た荷物を、目の前でこわされてしまったような気がした。

義久は、出なおさなければならないと思った。瀬田が久米緋紗江に、晴光のことを告げ口したとは考えられない。瀬田の口からは、久米緋紗江と親しい間柄だということを一度も聞いてなかった。事実、久米緋紗江と気安い仲だったとしたら、瀬田は当然そのことを涼子に打ちあけたはずである。

また、瀬田が故意にそのことを隠しているとは思えないのだ。瀬田は少なくとも小山田家の人間にとっては味方であるべきだった。現に彼は、涼子に同行して九州へ行っているではないか。久米緋紗江の協力者であるはずはない。

「そうかね……」

と、義久は小さく溜息をついた。

「瀬田さんが入院していたんじゃ、いけないんですか？」

雅子が箸《はし》の先で、からすみをつつ突きながら言った。

「そういうわけでもないんだが……」

義久はすでに、瀬田を疑惑の対象に置くことを諦《あきら》めていた。雅子の話によると、瀬田は見舞に来た晴光にカステラをねだったそうである。やはり瀬田は、晴光を甘えられる友人と見ていたのだ。そうでなければ、明日にでもカステラを差入れてくれるように、などとは頼まないだろう。

「それで、涼子は瀬田君のところへカステラを持って行って上げたのかい？」

話題を変えるつもりもあって、義久はそんなことを訊いた。

「ええ……」

甘いものを好きな雅子の口に、からすみは合わないのだろう。雅子は箸を置いて、その代りに湯呑を手にしていた。

「瀬田さんがわたしを歓迎してくれなかったって、涼子は帰って来てからもご機嫌斜めでしたよ」

「歓迎してくれなかったというのは……？」

「瀬田さんは別に、そんなつもりではなかったんでしょうけどね。涼子がお見舞に行っても、瀬田さんが少しも嬉《うれ》しそうな顔をしなかったというんですよ」

「若い娘というものは、自意識過剰だからな」

「瀬田さんは涼子の顔を見ると、どういうわけです、これは……と、大きな声を出したんですって。つまり、晴光が自分で来なかったということが、とても不満そうだったって涼子は言うんですよ」

「うん」

「それからも、晴光は今日は来られないのか……晴光に会いたかった……と、幾度も繰返して言うんですって。涼子も、おしまいにはムッとなって嫌味を言ったんだそうですよ。わたしはその話を聞いて、涼子は瀬田さんが好きなんじゃないかしらって、思いましたけど……」

　雅子はそう言って、晴れやかな笑顔を見せた。娘と瀬田の結婚を想像して、雅子はこの時だけ晴光の死を忘れたのに違いない。

「涼子たち、いつごろ、東京へ帰って来るつもりかな」

　と、義久も一瞬、新婚旅行に出掛けた娘とその夫の帰りを待ちわびる父親の心境になった。

「さぞ喧嘩ばかりしていることでしょうね。涼子も気が強いし……」

さすがに雅子は、女親らしい心配をしている。もう、涼子と瀬田を結びつけてしまっているのだ。自分の娘に落度がなければいいが——と、気を使っているのがその証拠であった。

「瀬田君の方は、どうなんだろう？」

「どうなんだろうって……？」

「涼子を、どう思っているかということさ」

「そりゃあ、嫌いじゃないでしょうね」

「それなら、いいんだが……」

「そうでなければ、涼子のわがままなことを承知していて、とても九州まで一緒に行ってなんてくれませんよ」

「しかし、涼子が病院へ見舞に行っても、瀬田君はあまり喜ばなかったんだろう」

「涼子の言うことだけを鵜呑《うの》みにしては駄目ですよ。男の人って、あまり感情を表に出さないんでしょう。照れ臭さもあるし、病室に誰かほかの人がいたかも知れないじゃありませんか」

「ほかの人って、誰だい？」

「そんなこと知りませんよ。でも入院している以上は、病室に看護婦さんが出入りするでしょうし、ほかに見舞に来られる人だってあるでしょう」

瀬田が凉子に好意以上のものを感じているかどうか義久が疑ったことに、雅子は憤慨したようだった。娘自慢の母親の心理というものだろうか。このまま行ったら、夫婦喧嘩に発展しそうであった。

しかし、義久は妻の不満など気にとめてはいなかった。むしろ、雅子はいいことを言ってくれたと思っていた。義久は新たな考えにとらわれていたのである。

入院している以上は、看護婦やほかの見舞客が病室へ出入りする——確かに、その通りだった。二月十五日の午後、晴光が瀬田を見舞った時にも、病室にほかの誰かが居合せたのではなかったか。

それが看護婦であれば尚更《なおさら》のことだが、もし瀬田を見舞に来ていた誰かであっても、晴光は別に世間話をするのに躊躇《ちゅうちょ》はしないはずである。晴光は遠慮なく、久米緋紗江との奇妙な出会いについて、瀬田に話して聞かせただろう。

その晴光の話を小耳にはさんだ看護婦なり見舞客なりが、たまたま久米緋紗江と親しい人間だったとしたら——と、義久は宙《ちゅう》の一点を凝視《ぎょうし》した。決して、成立たない仮説ではなかった。そうした径路で、晴光の言葉が久米緋紗江の耳にも達したということは、充分にあり得るのだ。

赤羽橋の済生会病院へ、とにかく出掛けて行かなければならない、と義久は思った。彼は、小さく唸《うな》りながら立上がった。洋服をまだ脱いでなかったことが、彼を億劫がらせなかった。

「どこへ……?」

雅子が驚いたように、湯呑を卓上に置いた。

「済生会病院へ行って来るよ」

義久は廊下へ出て行く背中で答えた。

「出たり入ったり、いつからそんなにマメになったんでしょうね」

「昔からマメだったよ」

と、義久は玄関へ向いながら、半ば独り言のようにつぶやいた。今度は、雅子の見送りはなかった。出掛けさせたくないのに出掛ける時は、送りに出て来ない。幾つになっても、妻というものはそうなのだ——と、義久は靴をはき了《お》えて思わず苦笑した。

彼はいつに変らぬ歩調で、砂利を踏んだ。下北沢駅から渋谷へ出て、金杉橋行きの都電に乗る。約二十五分ほどで、赤羽橋につく。これがまるで、義久のために決められたコースみたいであった。

済生会病院は、赤羽橋の交差点の一角にある。頭上に東京タワーがそそり立っていた。三田通りを流れて来る車の数が、特に多かった。義久は済生会病院の前を通りすぎて、病院の正面入口へ回った。

病院の正面入口といっても、あまり豪華な玄関ではなかった。どちらかといえば、粗末な建物である。木造の小学校の生徒通用口を連想させた。

正面入口から入って、左側に各科の診療室が並んでいる。その前の廊下に長椅子《いす》などがすえてあって、待合室を兼ねているらしい。だが、午後は診療時間に入らないのだろう。通院患者の姿は、一人も見当らなかった。長い廊下に人の気配さえない。

義久は右手にある受付をのぞいてみた。ボックスになっている受付にも、人影はなかった。

「すみませんが……」

斜めに日が射込《さしこ》んでいる受付の奥へ、義久は声をかけた。すぐ、右側にあるドアが開いて若い女が出て来た。

「急患ですか？」

若い女は、義久を見ると同時に訊いた。

「いや、違うんです」

義久はカウンターのような仕切り台の上に、半身を乗出した。

「一般の方の診療時間はもう……」

受付嬢は気の毒そうに、首をかしげた。

「病人じゃないんですよ。ちょっとお尋ねしたいことがありましてね」

「どんなことです？」

「こちらへ入院していた患者のことなんですよ」

「どんなことを、お知りになりたいんでしょうか？」

と、受付の女は一応、警戒する目つきになった。

「死んだ息子のために、どうしても知っておきたいことがありまして……。つまり、見舞に来られた人のことを聞くんです。だから、その入院患者を受持たれた看護婦さんにでもお会い出来たらと思って……」

義久は曖昧な説明をした。嘘をついているつもりはなかった。懸命だったのである。それで、わけの分らない口実になってしまったのだ。

相手の女も釈然《しゃくぜん》としない顔つきだった。しかし、特に警戒する必要はなさそうだと判断したのだろう。女は中途半端にうなずいて言った。

「患者さんのお名前は？」

「瀬田大二郎です」

そう答えてから、義久はホッと安堵《あんど》した。

「いつごろ、入院されたんです？」

「二月の十五日前後だと思いますが……」

「外科ですか？　それとも内科？」

「それが……どうも、よく分っていないのです」

「病棟のナンバー、お分りですか？」

「いや、それも……」

義久は額へ手をやった。どうも慌《あわ》てすぎたようである。瀬田がどんな病気で入院したかぐらい、雅子に訊いて来るべきだった。

「分っているのが名前だけでは、調べるのに時間がかかるかも知れませんけど、お待ちになって下さい」

受付の女は、瀬田の名前を記したメモ用紙を片手に、奥に並んでいる鉄製の保管箱へ近づいて行った。

あちこちと捜し回って大分苦労したようだったが、それでも五分とたたないうちに受付の女は戻って来た。彼女は、カルテのような用紙を手にしていた。

「瀬田大二郎さんですね」

と、女は用紙と義久の顔を見くらべながら念を押した。

「第二度火傷《かしょう》、それに虫垂炎《ちゅうすいえん》の疑いで、一月十三日夜八時に入院、二月十八日の朝に退院されています。外科病棟の六号室に入りました」

「そうですか。それで、その六号室にはほかにも何人かの患者が同室していたんでしょうか?」

「いいえ。六号室は個室です」

「個室ですか……」

「担当の看護婦が現在勤務中かどうか、問合せますか?」

「是非、そうお願いします」

この親切な受付嬢に、義久は頭を下げないではいられなかった。

瀬田は個室に入っていたという。同室の患者がいないとなると、晴光の話を小耳にはさんだ人間の範囲は限定される。やはり、担当の看護婦か、瀬田を見舞に来ていた誰かに違いなかった。義久は目的地のすぐ近くに来ているような気がした。

「宗方《むなかた》という看護婦なんですけど、今、詰所にいるそうですから……」

と、電話機の傍で受付の女が振返って言った。

「外科病棟は、どこなんでしょうか？」

「この廊下を右へ曲って真直ぐ行きますと渡り廊下へ出ます。病棟が幾つもありますけど、いちばん手前が外科病棟です。病棟の中央の左側に看護婦詰所がありますからそこで宗方さんはとお訊きになって下さい」

「どうも、いろいろと有難うございました」

義久は礼を述べて、指示された通りの道順をたどった。放課後の学校のような建物の中を抜けて渡り廊下へ出ると、なるほどクリーム色の病棟が見えた。義久は外科病棟へ入り、一階の看護婦詰所に近づいた。詰所では、三人の看護婦がそれぞれの席について、日誌のようなものを開いていた。

「あのう、宗方さんはいらっしゃいますか？」

詰所の入口に立って義久がそう言うと、三人の看護婦が一斉に顔を上げた。

「わたくしですけど……。今、受付から連絡があった瀬田さんについて、何かお訊きになりたいっていう方ですか？」

若い看護婦が立上がって、口早に言った。

「そうです」

「どんなことでしょう？」

と、看護婦はその場を動こうとしなかった。フランス人形のような顔立ちで、白衣がよく似合う看護婦だった。

「失礼ですけど、瀬田大二郎という患者について確かな記憶がおありでしょうか?」

「よく覚えてます。患者にしては珍しく、電話に忙しい人だったから、ちょいちょい電話がかかったし、かけもしたし……。長距離をかけたこともあったようですわ。それに、あの患者さん、とても魅力的だったから……」

宗方看護婦の言葉に、二人の同僚がクスクス笑ったが、義久の表情は強《こわ》ばっていた。入院していた瀬田が電話をかけたり、また電話がかかって来たり——これは、現在の義久にとっては気になることだったのである。

第二度火傷

入口に近いところにいた看護婦が、椅子の上に置いてあった風呂敷包みをどけて、義久のために席を作ってくれた。主任看護婦らしく、四十前後に見えた。

「どうぞ、おかけになって……」

その看護婦にすすめられて、義久は遠慮がちに詰所の中へ足を踏入れた。

「お忙しいところを、お邪魔しまして……」

と、義久は改めて挨拶をした。

彼が席につくのを待って、立ったままでいた宗方看護婦も腰をおろした。

「それで、その電話のことなんですが……」

義久は言った。

「いつ、どこへ電話をかけたか、また誰からかかって来たか、分らないでしょうか?」

「そこまでは、患者のことに干渉しませんから……」

宗方という若い看護婦は苦笑した。

「電話は、どこでかけるんです?」

「この電話です」

と、看護婦は出窓のように突出ている台を指さした。その台の上に、電話機がすえてあった。使った者が十円玉を投込んでおく小箱も、備えつけてあった。

「診療室の方へ行けば、赤電話があちこちにありますけど、病棟にはこれっきりないんです。だから、向うからかかって来る時や、市外をかける場合には、この電話を使用するほかはありません」

宗方看護婦は、そのようにつけ加えた。

「外からかかって来た場合、それを取次ぐのは看護婦さんなんでしょう?」

義久は、三人の看護婦たちの顔を見回した。

「そうですけど、だからって何日にどの患者のところへ電話があったか、いちいち覚えてはいませんわ」

宗方看護婦が答えた。

「しかし、瀬田大二郎という患者のところへどんな声で電話があったか……つまり、性別ぐらいは記憶されているでしょう」

義久も強引だった。宗方看護婦がなかなか鼻っぱしの強い口のきき方をするので、かえって話が運びやすかった。相手が強く出ればこっちも強く出られる——というのと、同じであった。

「男からも女からも、電話がありましたよ」

と、若い看護婦も負けてはいなかった。あの患者は魅力的だったと公言するくらいだから、恐らくもの怖《お》じしない性格なのだろう。

「面会には、どんな連中が来たでしょうか？」

「それも、はっきりは分りませんわ。面会は看護婦の許しを受けてから、ということに規定の上ではなっていますけど、ほとんどの人たちが勝手に病室へ出入りしますからね」

「すると、規定を守って瀬田大二郎を見舞に来た者は、一人もいなかったというわけですか？」

「いいえ、一人だけ詰所へ寄った人がいました。もっとも、その人は瀬田さんの病室がどこだか分らなかったんでしょうけど……」

「男ですか、女ですか？」

「瀬田さんと同じぐらいの年齢の男性でしたわ」

「その見舞客が来たのは、二月十五日ではなかったですか？」

「幾日だったか覚えていろと言われても、とても不可能です」

「瀬田大二郎が入院してから、三日目ということになりますが……」

「多分、そのころでしょう」

「そのほかには……患者以外の人間が病室にいるのを見かけたことはありませんでしたか？」

「残念ですけど……」

と、宗方看護婦は肩をすくめた。どうも、これという人間の手がかりを得られそうになかった。看護婦詰所に面会を申出たという男の見舞客は、晴光に違いない。瀬田に電話をかけて来た声は、男と女の両方があったという。そのうちには、晴光がかけた電話もあることだろう。女の声は、久米緋紗江のそれだったとは考えられないだろうか。いずれにしても、瀬田を見舞った人間は何人もいなかったらしい。あるいは、晴光と涼子の二人だけだったかも知れない。――と、一瞬のうちに義久の思考は、さまざまな可能性の断片に触れていた。

「その長距離電話というのは、一体どこへかけたんですか？」

義久は、瀬田を事件の枠内《わくない》に置くことに半ば諦めながら、そう訊いた。

「市外電話は、料金の関係もあって、かけた先を記録しておくことになってますから、すぐ分ります」

と、宗方看護婦はもう一人の同僚に、目でうなずきかけた。その看護婦は一冊のノートを抜きとって開いた。

「六号室の瀬田さんね。ええと……二月十五日の午後四時、八通話……。二月十六日の午後二時、六通話。ずいぶん長電話だけど、二日間続けてかけているわ」

看護婦は、ノートに目を走らせて、そのように記入されていることをまとめて口にした。

「かけた先は？」

義久は椅子から腰を浮かせた。二月十五日と十六日――偶然の符合《ふごう》とは言え、最も重視しなければならない日に、瀬田は長距離電話をかけているのである。義久にしても、理由のない期待感を抱かないではいられなかったのだ。

「九州宮崎県の延岡《のべおか》です」

看護婦は答えた。

「宮崎県の延岡……?」

「ああ、その電話なら、わたしも覚えているわ」

と、宗方看護婦が同僚から話を奪いとった。

「瀬田さん、クジャク石鹼の研究所に勤めているんでしょう。宮崎の延岡市にクジャク石鹼の九州工場があるんですって。その工場に可愛らしい娘がいてね、なんて言いながら電話に出たので、わたしも記憶していたんですけど。わたしが延岡出ましたよってマイクで連絡すると、瀬田さん、病室から走って来たわ」

宗方看護婦は、そう言ってケラケラと甲高《かん》い声で笑った。義久の期待感は、あっさりとしぼんでしまった。たとえ二月十五日、十六日という重要な日にかけた電話であっても、かけた先がクジャク石鹼の延岡工場では、詮索《せんさく》する対象にはならなかった。

延岡の工場に恋人がいるのかどうかは知らないが、瀬田の電話は社用だったということも考えられるのだ。今度の九州旅行には、延岡の工場へ出張するという口実で出かけるのだ、と涼子も言っていた。そういう名目が通用するくらい、瀬田の仕事と延岡の工場とは密接な関係にあるのだ。入院中の彼が、延岡の工場へ電話をすることは、少しも不思議でないのである。

「いや、どうも大変お手数をかけまして……」

と、義久は立上がった。病院の線を追うことは一応、断念したのだった。そもそもが素人《しろうと》には無理な仕事だ――というささやきが、彼の胸裡《きょうり》にあった。警察へ行って、自分や涼子なりに調べたこと、それに久米緋紗江という女の存在について話してみようかと、そんな気持にもなっていた。

「どうも、お役に立ちませんで……」

義久が引揚げると分ったとたんに、宗方看護婦の声が大きくなった。

「あなたは、久米緋紗江という女性をご存じじゃないですか？」

義久は詰所の入口で振返って、宗方看護婦に訊いた。念のためという質問でもなく、相手の答えに何の期待もない、どうでもいいようなことだった。そして、宗方看護婦の答えもそうした質問に相応《ふさわ》しいものであった。

「聞いたこともありません」

「そうですか……」

「それも何か、あの瀬田さんに関係していることなんですか？」

「まあ……そういうことになりますね」

「看護婦と患者の間柄って、とても単純なんです。病人、そして看護する人間……。わたしが瀬田さんについて知っていることは、虫垂炎の疑いがあったけど、それは疲労のせいだった。あとは第二度火傷《かしょう》で、数日間の加療を要する……。ただ、これだけですわ」

「どうも、専門的な医学用語は分らないんですが、その第二度火傷《かしょう》というのはどんな病気なんでしょうか？」

「これは別に、専門的な医学用語というわけじゃないんですよ」

と、主任らしい看護婦が、穏やかな微笑を浮べて口をはさんだ。

「火傷《かしょう》……つまり、ヤケドのことなんです」

「ヤケドですか。なるほど……」

義久はうなずいた。火傷と耳で聞くから専門用語のようにも受けとれるが、字を目で見れば火傷《やけど》とすぐ分るわけである。

「わたくしたちは、火傷《かしょう》と言い馴《な》れていますので……」

「その上についている第二度というのは、何を意味しているんですか？」

「これこそ、専門用語と言っていいのかも知れませんけど、第一度、第二度、第三度というふうに火傷の症状を区別しているわけなんです」

「第一度火傷が、いちばん重症なんですね？」

「いいえ。第一度火傷が、いちばん軽いんです。ちょっとした火傷ですね。第二度になると、火ぶくれというのが出来て、跡が残る場合もあります。第三度は皮膚が死ぬ、第四度は局所がまったく炭化してしまう、といった段階があるわけですね。瀬田さんの場合は、塗料に引火して左腕のほとんどの部分を焼いてしまったんだそうですが、そのあとバターを塗ったりして自家療法でなおそうとしたものですから、第二度火傷にしては重症でした」

「よく分りました。一つ利口になったようですな」

主任看護婦の説明の途中で、義久はすでに詰所の外へ出てしまっていた。今更《いまさら》、火傷について講義されても、仕方ないのである。主任看護婦が口を閉じるのを待って、義久は逃げるように詰所の前を離れた。

済生会病院を出た時はまだ残光に空は明るかったのだが、下北沢駅に降り立ったころは住宅地の夜景が義久の目の前に横たわっていた。ラッシュ時間の乗りものに揺られて来たせいか、郊外の人家の灯を眺めると、勤めを了《お》えて銀行から帰って来たように錯覚《さっかく》しそうであった。

銀行に勤めていたころは、帰宅途中のこの駅から家まで歩く間に、頭の中が空っぽになるような解放感を満喫《まんきつ》したものだった。晩酌《ばんしゃく》が待っている。そして、家族全員が顔をそろえる食事——夏には冷やっこを、冬には鍋の類を予想しながら、この道を歩く。二度とは望めそうにない、よき時代だった——と、義久は回想する。雅子のところへ昔の友人から手紙で、人生にはいろいろなことがある、と言って来たそうだが、確かにその通りだと彼は思った。

家の前まで来た時、義久は道路の左側に一台の自家用車が寄せてあるのを認めた。車の中には、数人の若い男女がいる。賑《にぎ》やかな笑い声や嬌声《きょうせい》が聞えた。

義久は門を入ってすぐ、玄関から出て来た忠志とぶつかった。忠志はギターを肩にかつぐようにしていた。

「今夜も遅いのか……」

とがめるつもりではなく、義久は思ったままのことを口にした。

「ドライブして来るんだ。今夜は帰らないかも知れない」

忠志の息は、酒臭かった。駐車中の車にいる遊び仲間と一緒なのだろう。どこかで酒を飲んで、遠乗りに出かける途中、ギターをとりに家へ寄ったのに違いない。忠志もすっかり変ったものである。言葉使いまでが以前の忠志のものではない。それに、顔色が悪かった。眼差《まなざ》しも険《けわ》しい。不摂生な生活のせいなのだ。

「あまり心配をかけるなよ。お母さんはまだ病気上りなんだから……」

義久は不安だった。あの自家用車の中にいた連中は、どうも安心して忠志を付合せておける人種ではなさそうな気がする。

「間もなく、大阪へ行ってしまうよ。それまでの辛抱《しんぼう》さ」

不貞腐《ふてくさ》れたように、忠志は笑った。

「いつ、大阪へ行くつもりなんだ？」

「来月からということに決めたよ」

「よく考えたのかい？」

「大阪あたりへ行くよりほかはないんだ。兄貴の罪は、永久に消えないんだよ。殺人者の弟というレッテルを貼られて生きて行くくらいなら、道頓堀のレストランで皿洗いをやっていた方が、よっぽどましだ」

「晴光が人を殺したと確定したわけじゃないんだ」

「兄貴が人を殺したか、殺さなかったか、そんなことは問題じゃないさ。肝腎なのは現実の状態だよ。真相より既成の事実の方が、今の時代ではものを言うんだ。お父さんや涼子が幾ら真実のために躍起《やっき》になろうと、世間は兄貴を人殺しと決めてしまっているのさ」

「そうかもしれないが、晴光が死んでしまって……お母さんには、お前だけが頼りなんだからな」

「瀬田さんを、涼子の婿《むこ》にすればいいじゃないか」

「しかし……」

と、義久が一歩、忠志に近づこうとしたのを制するように、門の外から黄色い声が飛んで来た。

「T・O！　早くしてよ」

若い女の声は、そう言った。

「ああ……」

忠志は、義久から視線をはずすと、そのまま走り去って行った。間もなく、エンジンのかかる音が夜気を震《ふる》わせた。若い女は忠志のことを『T・O』と呼んだ。小山田忠志のイニシャルだろう。あの連中の間では、そうした呼方が流行しているのかも知れない。だが、このイニシャルが義久を一晩中眠らせないという結果をもたらしたのである――。

D・S

始発の電車の音が聞えた。近づいてすぐ遠ざかる電車の響きが軽く、いかにもガラガラにすいているという感じだった。雨戸がしまっているから、部屋の中は真暗である。だが、外は水色に明るくなっているのに違いない。

義久は顔の上の闇を凝視《ぎょうし》していた。目は痛かったが、睡気《ねむけ》は相変らず遠のいてしまっている。隣で雅子が、規則正しい寝息を立てていた。

義久はすっかり朝になるのが待遠しかった。早く誰かを相手にしゃべりたく、またすでに頭の中で凝固してしまっている思惑《おもわく》通りに行動を始めたいのである。

彼は身体の向きを変えた。背中が痛くて仕方がない。知らず知らずのうちに、緊張感から身体中の筋肉が硬直してしまっていたのかも知れない。事実、義久は自分の思いつきによって、抑えきれない不安に駆《か》られていた。出来れば、自分の考えを否定したかったのだ。彼は一晩中、胸の奥に疼痛《とうつう》を覚えながら、みずからの想定を打ち壊《こわ》そうと苦労していたようなものである。

牛乳配達のカタコトと鳴る箱の音を耳にすると、義久はもう我慢しきれなくなった。雅子はだいたいが早起きだから、目を覚まさせてしまっても構わないだろう。とにかく、この暗い陰湿な部屋の中にこもっていると、窒息《ちっそく》してしまいそうなのである。

義久は起上がって、窓を開いた。雨戸をくったとたんに、甘いような匂いの朝の冷気が義久の顔を包んだ。外は乳色をしていた。空が晴れているのか曇っているのかは、見た目では分らない。狭《せま》い庭を、朝靄《あさもや》が流れていた。

義久は、二度三度、深呼吸をした。腹の底まで冷たくなって行くようである。山奥にでもいるような錯覚をしそうであった。義久は、生きている——という気になった。

「ずいぶん、早いんですね」

と、雅子が顔だけを窓の方へ向けた。

「うん……」

ようやく焦燥感を拭《ぬぐ》いとることが出来た義久は、満足して夜具の上へ戻って来た。横になっても、冷たい空気が身体を撫《な》でて行く。徹夜して、何となく火照《ほて》っている皮膚に、それが心地よかった。

「どうしたんですか？」

雅子が心配そうに訊《き》いた。雅子の目は澄みきっている。充分に睡眠をとれたのだろう。もう五時近い。妻にしてみれば当然、目を覚ます時間ではないか——と、義久は思った。

「ちょっと、考えごとをしていてな」

義久は、自分の思いつきを妻に話してみるつもりだった。このことだけは、今までつんぼ桟敷に置いてあった雅子にも、言わずにはいられないのである。それだけ、義久の想定は重荷なのだ。こういう時は、胸のうちにあることを誰かに打ちあけるといい。負担を二分したようなもので、気持が軽くなる。

それに、雅子も知っておかなければならないことだった。ことは涼子にも関係しているのだ。いずれは、雅子も知らされる。早く知ってしまっておいた方が、驚きも小さくてすむはずだった。

「何を考えていたんです?」

と、妻の方から話に乗って来る。

「重大なことだよ。お蔭《かげ》で、一睡もしていない」

そう言いながら、義久は忠志が到頭帰宅しなかったことを思い出していた。

「全然、眠っていないんですか?」

「うん……」

「また、何だって急に、そんな深刻に考えなければならないことが出来たんです?」

「瀬田君のことなんだ」

「瀬田さんのこと?」

果して、雅子は眉《まゆ》をひそめた。瀬田のこととなると、雅子は敏感に反応を示す。涼子の夫になる男と、決めてかかっているからだろう。

「あまり、いい話ではない」

と、義久は腹這《はらば》いになって、枕許《まくらもと》の灰皿を引寄せた。

「お母さんには、話してなかったんだがね。実は、久米緋紗江から手紙をもらっている。

涼子が、二月十五日ごろどこにいたのかと質問状を出したんだ。久米緋紗江は、それに対して返事をくれたというわけなんだな。久米緋紗江は、その手紙で二月十日から二月十八日まで九州を旅行していたと言って来た。しかも、二月十三日までは、杉浦出来夫という男と一緒だったんだそうだ」

「それで、涼子は宮崎なんかへ出かけて行ったんですね？」

「うん。それはそれでいい。問題は、昨日家へ帰って来た時、忠志と玄関の前で会ったことなんだよ。忠志を門の外で待っていた友達の一人が、Ｔ・Ｏと呼んだ……」

「Ｔ・Ｏ？」

「忠志のことさ。小山田忠志のイニシャルだよ」

「変な呼方をするのね」

「このごろの若い者は、奇妙な流行を作るのがうまいからな。それで、昨夜床に入ってから何となくこの呼方について考えていた。晴光だったら、Ｈ・Ｏ。お母さんは、Ｍ・Ｏ。というふうに、知っている人間の名前を片端からこの呼方に当て嵌《は》めてみたんだよ。瀬田君だったら、Ｄ・Ｓ……」

「瀬田大二郎だから……そうですね」

「そんなことしているうちに、もう一人、Ｄ・Ｓというイニシャルの人間が出て来たんだが……」

「誰です？」

「久米緋紗江と一緒に宮崎県を旅行していたという杉浦出来夫だよ。瀬田大二郎、杉浦出来夫……同じD・Sじゃないか」

「そんなの、偶然に決っていますよ」

雅子は、なるほどというような顔を見せなかった。むしろ、あきれた——というふうに義久に流し目をくれた。

「同じイニシャルなんて、何万、何十万てあるでしょう。日本人の名前は、だいたい一定のものに限られているんだから……」

「それはそうだ、だがね、お母さん……」

多分、雅子にそんなふうに言われるだろうとは覚悟していたが、いざ鼻の先で軽くあしらわれると、義久も少々ムキにならざるを得なかった。義久には確信があるのだ。

「宿帳なんかに偽名を書込む時の心理は、こういうものなんだよ。まるっきり、本名と違った名前を使うのは、何だか惜しいような気がする。やはり、自分がこの旅館に泊ったということを、何らかの形で残しておきたい気持があるのだろう。だから、本名のうちの幾つかの字を置替えたり、自分が住んでいる町の名前を使ったり、イニシャルが同じ名前を作ったりするんだ。出来夫なんて、ずいぶん変っていると思わないかい。これは、Dのつく名前が少ないから、当り前なものを簡単に思いつけなかったんだろう。イニシャルが同じばかりじゃない。苗字《みょうじ》二字、名前が三字というところまで一致しているじゃないか」

「わたしには、そんな馬鹿馬鹿しいことはとても考えられませんね。第一、瀬田さんが久米緋紗江という人と、一緒に旅行するはずがないじゃないですか」

「そうとは言いきれないさ」

「二人が知合いだったというんですか？」

「久米緋紗江は、晴光の恋人だったんだよ。晴光が瀬田君に、久米緋紗江を紹介したことがあったかも知れない。その後、晴光は久米緋紗江と別れてしまった。それから、瀬田君と久米緋紗江が親しくなったということだって、考えられるだろう」

「瀬田さんと久米っていう人が親しくなる機会なんて、あったんですか？」

「あり得ることじゃないか。その点についても、じっくり考えてみたよ。可能性は充分だな」

「どういう機会があったんです？」

「久米緋紗江は、大洋化学という会社に勤めている。化学工業会社が扱《あつか》っている製品は、合成樹脂、ホルマリン、苛性ソーダ、メタノール合成、アンモニア合成、石油化学……と、素人考えだけどこんなものだろうと思うんだ。いずれにしても、石鹼会社とまるで縁がない製品ばかりを扱っているということはないだろう。クジャク石鹼は、各種石鹼と染髪剤のメーカーとして有名だ。もし、クジャク石鹼と大洋化学との間に取引があったとしたら、瀬田君と久米緋紗江が知合うチャンスは幾らもある」

「でもね、瀬田さんがそんな女の人と……信じられないわ」

「しかし、二人は若い未婚の男女なんだよ」

「瀬田さんは、潔癖《けっぺき》な人です。そんな不潔そうな女の人と……」

「久米緋紗江は、晴光の恋人だった人じゃないか」

「分るもんですか。そんなこと……」

それっきり、雅子は口を噤《つぐ》んでしまった。堅い表情だった。怒っているのに違いない。

雅子は、瀬田と涼子以外の女とを結びつけて考えたくないのだ。

瀬田を悪く言われるのも、気に入らないのである。一種の身贔屓《みびいき》というものだろう。雅子にとって、瀬田はすでに息子も同然というわけだった。

義久も、これ以上、雅子に話しかけるのはやめた。妻を怒らせても仕方がないし、もう一つ義久の頭の中にあることを簡単な説明だけで雅子に分らせるのはむずかしい。

義久は、もう一つの『符号』に気づいていたのだった。それは、日時の一致であった。

このことが、事件にどう関連して来るかは分らない。しかし、杉浦出来夫なる人物が瀬田大二郎と同一人であることを証明する要素にはなりそうだった。

久米緋紗江のアリバイ表によると、杉浦出来夫とは二月十三日の正午前に別府の旅館『菊丁苑』で別れたということになっている。一方、瀬田が赤羽橋の済生会病院に入院したのは、同じ二月十三日の夜八時だったそうである。

杉浦出来夫が久米緋紗江の目の前から姿を消し、瀬田大二郎となって病院へ入院した——と仮定しても、日時の点では辻褄《つじつま》が合うではないか。二月十三日の正午に別府、同じ日の夜八時に東京の赤羽橋。飛行機を利用すれば、そういう時間の差が出来るのである。

『D・S』というイニシャルにしろ、一方で消え、他方で現われるといった日時の符号にしろ、杉浦出来夫と瀬田大二郎が同一人物だと見る根拠になるのではないだろうか。

義久は、九時すぎになるのを待った。時計ばかり気にしているせいか、時間が少しも経過しないような気がする。朝の食事も、味わうだけの余裕はなかった。

雅子は不機嫌そうだった。無口な悦子を加えた朝の食卓は、茶碗に箸があたる音だけが聞えて静かだった。食事が終ると、雅子と悦子はさっさと台所へ立って行ってしまった。

義久は、時間をかけて新聞を読んだ。

茶の間の時計が九時を告げた。九つ——時計の音を算《かぞ》えてから、義久は新聞を投捨てて勢いよく立上がった。

「どこへ行くんです?」

雅子が台所から出て来て言った。

「電話をかけるんだよ」

義久もムッとして、声を大きくした。

「電話って……どこへ?」

「クジャク石鹸の本社だ」

「あなた、本気で瀬田さんのことを……?」

「確かめてみるんだよ」

「やめて下さい」

「なぜだい?」

「涼子が可哀想です」

「可哀想だ? 冗談じゃないよ、お母さん。このままにしておいたら、可哀想どころか涼子が危険じゃないか」

「危険……? どうしてですか?」

「瀬田君は、あるいはとんでもない嘘をついているかも知れない。その瀬田君が涼子について九州へ行っているんだ。もし、涼子が瀬田君の秘密に気づいたりしたら……九州は東京とは違うんだよ。無人の山も谷もあるんだからね」

「瀬田さんが涼子に危害を加えるなんて、まさかそんな……」

「分らんさ。晴光の例だってあるじゃないか。晴光があんなことになるなんて、誰が予想していたかね。とにかく、瀬田君について確かめられることは確かめて、その結果次第では一刻も早く涼子を東京へ呼返さなければならない」

　と言い置いて、義久は荒々しい足どりで茶の間を出た。電話機の脇に、名刺箱が置いてある。義久は箱の中から、瀬田の名刺を探《さが》し出した。クジャク石鹸東京本社の電話番号を回して、交換手に研究所を呼出してもらった。電話に若い男の声が出た。

「研究所ですが……」

「突然こんな電話をかけて恐縮なんですが、瀬田大二郎さんのことでちょっとお尋ねしたいんです」

　義久は、息もつがずに言った。

「二月十日から十三日まで、瀬田さんは研究所へ出勤していたでしょうか?」

「二月十日から十三日までですか……。そのころ。瀬田さんは確か延岡の九州工場へ出張していたと思いますがね」

「九州へ……？」

「ええ。何でしたら、もっと詳しく調べてみましょうか？」

「いいえ、それが確かなら結構ですが……」

「間違いありませんよ。ぼくが延岡から帰って来るのと入違いに、瀬田さんが出張に出たんでね。はっきり覚えています」

「そうですか……。クジャク石鹸と、大洋化学という会社とは取引があるんですか？」

「大洋化学は、うちの傍系会社ですよ」

義久は、いつの間にか背後に近づいて来ていた雅子を振返った。義久の顔色は蒼白だった。やはり涼子の身が危険である――。

女の弱点

アパート『あかね荘』は、目黒区清水町の清水池公園の近くにあった。部屋数六つの二階建のアパートで、いかにも独身者向きといった感じである。

正午すぎの日射しを浴びて、クリーム色のコンクリートの壁が目に眩《まぶ》しかった。目黒から自由が丘へ抜けるバス通りの騒音も、このあたりにまでは響いて来なかった。白昼の住宅街の静寂が、ひっそりと保たれている。義久は、濃い自分の影を連れて『あかね荘』の入口へ近づいた。

アパートの門は、普通の家のそれと変りなかった。重い引戸をあけると、ベルが鳴る仕掛けになっていた。門から敷石伝いに、アパートの各部屋に通ずるようになっている。義久は、どこが久米緋紗江の部屋なのか、門をあけるとすぐ並んでいるアパートの窓へ視線をめぐらせた。

「どなたさんですか？」

通路の右側にある木戸の向う側から、女の声がかかった。そこが、アパートの所有者の家になっているらしい。四十前後の女の白い顔がのぞいていた。

「久米さんに会いに来たんですが……」

義久は足をとめて、女に言った。

女は縁側からおりて、木戸に近づいて来た。胸に猫《ねこ》を抱いて、和服姿の女だった。年に似合わぬ厚化粧である。典型的な二号さんタイプ——と、義久は思った。

和服の着こなしも粋《いき》だったし、昔の職業が何であったか、だいたい察しがつく。多分、このアパートも、旦那に建ててもらったのだろう。『あかね荘』のあかねは、この女のかつての通称だったのかも知れない。

「久米さんは、お留守なんですよ」

木戸越しに義久と向い合いになった女は、華《はな》やかに微笑しながら言った。

「そうですか、今、久米さんの勤め先へ行って来たんですが、病気という届けが出ていて今日は休みだと言われたんですけど……」

大洋化学の、あの元軍人らしい守衛は、病気で休んでいるとはっきり言った。電話で久米緋紗江の職場に問合せた結果、そう返事したのだから間違いはないだろう。

病気で会社を休んだはずの久米緋紗江が、アパートにいないというのは変である。義久は早くも、落着かない気持になっていた。

「じゃあ、きっと病気という口実で会社を休んだのでしょう」

女は、猫に頰《ほお》ずりをした。人の気も知らないで——と、義久は媚《こ》びるように目で笑っている女を見て、焦燥感を覚えた。

「すると、久米さんは病気ではなかったんですね？」

「さあ、熱でもあったのかどうかは知りませんけど、今朝の様子では元気そうでしたわ」

「今朝、久米さんに会われたんですか？」

「ええ。久米さんが出かける時に、ここでお見かけしましたの」

「朝のうちから、出かけてしまったんですか？」

どうやら、近所へ買物に出たという単純な外出ではなさそうである。病気と称して勤めを休み、本格的に姿を消したのだとしたら、その計画性を重視しなければならない。久米緋紗江は、今度の事件に関連して行動をとったのではないだろうか。

「旅行に行かれたんでしょう」

そう言って、女は猫の喉《のど》をくすぐっている。目を細めている気持よさそうな猫の顔を、なぐりつけてやりたい衝動に駆《か》られて、義久はあわてて目をそむけた。

旅行に出たらしいと、なぜ最初に言ってくれなかったのか——義久は、年甲斐もなく逆上していた。

「どこへ旅行に出たんでしょうか？」

義久は、硬《こわ》ばりがちな口を動かした。

「それは分りませんわ。ただ正装してスーツ・ケースを提《さ》げた久米さんを、お見かけしただけなんですもの」

女は、義久の顔色よりも猫の方に気をとられているようだった。

「何日留守にするとも、言い置いて行かなかったんですか？」

「別に……。きっと、九州の宮崎県あたりへ行ったんじゃないかしら」

「どうして、そうだと見当がつくんです？」

「昨夜遅く、九州の宮崎から電話がかかって来ましたもの。うちのアパートには、電話がないんです。それで、わたくしのところの電話を呼出しに使っているんですの」

「宮崎からの電話の声は、男でしたか？」

「ええ」

「奥さん、まことに恐れ入りますが、電話を貸して頂けませんか」

「どうぞ、どうぞ」

「九州へかけるんですが、よろしいでしょうか？」

「ええ、構いませんよ」

女はまるで、義久がそう言うのを待っていたように木戸をあけた。恐らく、退屈しきっていたのだろう。だから、わざわざ縁側からおりて来たのだ。この種の女には、少しでも長く人と接していたいという寂《さび》しがり屋が多いものである。

義久は女のあとに従って、縁側から家の中へ上がった。何もこの場で、涼子に電話しなければならないということもないが、一刻も早く娘の声を聞きたい気持が、そうさせたのだった。もちろん、幾らか冷静さに欠けた義久だったのである。

電話機が備えてある部屋は、六畳の日本間だった。畳の上に絨緞《じゅうたん》が敷《し》きつめてある。小綺麗《こぎれい》な居間であった。総桐《そうぎり》のタンスや大型の三面鏡、それに蒔絵《まきえ》を散らした文机《ふづくえ》など、豪華な調度品ばかりが目についた。

「昨夜、ここへ電話をかけて来た男の人のところへ、するんですか?」

電話機をテーブルの上へ運びながら、女が訊《き》いた。

「そうなんです」

義久は、すすめられた座布団《ざぶとん》に、かしこまって坐った。

「電話番号、分ってますの?」

「いや、それが……」

「昨夜、向うが電話に出た時、こちら宮崎新観光ホテルですが、お繋《つな》ぎ致しますって、ホテルの交換手の声が聞えましたから、宮崎新観光ホテルの電話番号を問合せたらいかがです?」

「どうも、すみません」

女は思ったより気が利いていて、それに親切だった。お蔭で、一時間は早く涼子に連絡をとることが出来そうである。

義久は、宮崎交通の企画課長にまず電話をして、涼子の泊っている旅館を訊き、それから改めてもう一度電話をかけなおすつもりでいたのだ。九州の宮崎までの電話は、急報で申込んでも一時間前後はかかる。一度だけの電話ですむなら、一時間を短縮出来るわけだった。

義久は二三九一にダイヤルを回して、宮崎新観光ホテルの電話番号を調べてもらった。それが分ると、すぐ一〇六に申込む。ここまでは簡単だが、これから先が長いのである。

義久は、座布団の上に坐ったままではいられなかった。縁側に出て、庭を眺め回したり、小鳥の籠《かご》をのぞき込んだりした。

久米緋紗江は、九州へ向ったのに違いなかった。昨夜の電話で、そのように指示されたのだ。電話の相手は、言うまでもなく瀬田なのである。瀬田が、どういうつもりで久米緋紗江を九州へ呼んだのかは分らない。しかし、久米緋紗江を涼子と一緒にいる九州へ呼寄せるからには、瀬田にもそれなりの覚悟があってのことだろう。

瀬田と久米緋紗江は、二人がかりで涼子を抹殺《まっさつ》する計画でいるのではないか——と、義久はそんなふうにも憂慮《ゆうりょ》しているのである。あり得ないとは断言出来ない。涼子が何もかも知りすぎた、と思えば、当然彼女の存在が邪魔になるのだ。

何かを企《たくら》んでいる、ということだけは確かだった。久米緋紗江が急遽《きゅうきょ》、九州へ飛んだことがそれを裏付けている。久米緋紗江が九州へつくまでには、まだ時間がある。とにかくそれまでは、涼子の身の上に何かが起る心配はない。そうと分っていても、義久は時間の経過に身を刻《きざ》まれるような思いだった。

「どうぞ……」

と、女がお茶を運んで来た。

「いや、そんなことをされては……」

義久は縁側で小腰をかがめた。

「ずいぶん、時間がかかりますね」

相変らず女は、猫を手放さないでいた。

「何分、九州は遠いですからな」

女が坐り込むのを見て、義久も調子を合せないわけには行かなかった。

「こんなこと、お尋ねしていいものかどうか……」

「別に隠さなければならないことはありませんから、何でも聞いて下さい」

「そうですか。では立入ったことをお訊きしますけど、久米さんが何かしたんでしょうか？」

「いや、そんなわけでもないんです。ただ、あの人の男関係を知りたいだけで……」

「堅い人ですよ、久米さんは。男の人がアパートへ来たのを見かけたのは、三度あったかないかぐらいですから……」

女は、久米緋紗江の縁談に関係しているものと勘違いしたらしく、しきりと弁護する。

その勘違い通り、晴光の嫁とするために久米緋紗江の行動を追ったりしているならば、どんなに楽しいだろうかと義久は思った。

この親切な二号さんにも、そんなことが縁で知合いたかった。義久はふと、涼子の身を案じ、縁もゆかりもない人の家へ上がり込んで、電話を借りお茶を馳走になっている自分が、ひどく惨めであるような気がした。

宮崎が出るまでに、四十五分かかった。電話のベルが鳴るのと同時に、義久は泳ぐようにしてテーブルの前に坐った。

「もしもし……」

「ああ、お父さん？」

涼子の張りのある声が耳へ飛込んで来た時、義久は胸が凝縮《ぎょうしゅく》するような疼痛《とうつう》を覚えた。彼は鼻柱をツーンと走る熱いものを、眉間《みけん》に力を込めて堪《た》えた。

「涼子……」

義久は、咳《せき》ばらいを一つしてから言った。

「すぐ、東京へ帰って来なさい」

「え……？　どうしてなの？」

まったく晴れやかな、涼子の声だった。

「何もかも分ったんだ。説明はあとでするから、とにかく東京へ帰って来なさい」

「いきなり、そんなことを言っても無理よ。瀬田さんの都合だってあるし……。今日の夕方、延岡へ行くつもりなのよ」

「だから、瀬田君だけを残して、お前は帰って来るんだよ」

「瀬田さんに悪いわ。事情も説明してくれないで、ただ帰って来いなんて、お父さんも乱暴よ」

「じゃあ、簡単にわけを話すけどね……。その部屋に、瀬田君がいるのかい？」

「いるわよ」

「それなら、お父さんが言うことを電話口で復誦《ふくしょう》するんじゃないよ」

「変なお父さんね」

「いいかい、涼子。驚くとは思うけど……瀬田君は、涼子の味方じゃないよ」

「それ、どういう意味？」

「瀬田君は久米緋紗江と特別な関係にあるんだ。久米緋紗江と一緒に九州を旅行したという男……杉浦出来夫は、瀬田君だったんだよ。イニシャルも同じD・Sだろう。それに、クジャク石鹸の研究所で聞いたんだが、瀬田君は二月十日から十三日ごろまで出張ということで九州へ行ってたそうだよ」

「お父さん、そんな馬鹿なことってないわ」

「いいから、お父さんの言うことを信じるんだ。証拠は幾らでもあるんだから……」

「例えば、どんな証拠があるっていうの？」

「アルバムに貼ってあった久米緋紗江の写真が、失くなってしまっただろう。あのことにしたってそうだ。家に出入りしていて、アルバムを見たりした人間……瀬田君きりいないじゃないか。瀬田君は、お前が九州へあの写真を持って行こうと言出さないうちに、アルバムからはがしてしまったんだ。つまり、久米緋紗江が不利にならないように、手段を講じたんじゃないか」

「お父さん、とんでもない思い違いをしているわ。藪《やぶ》から棒にそんなことを言われたって、とても信じられないわよ」

「涼子、お前が危険なんだ」

「危険？」

「久米緋紗江が、今朝から旅行に出た。九州へ向ったんだよ。そっちで瀬田君と共謀して、お前の口を塞《ふさ》ごうとするかも知れないんだ」

「九州へ向ったんだって、そんなこと分るもんですか」

「涼子、それならはっきり言おう。昨夜、久米緋紗江のアパートへ、宮崎新観光ホテルから男の声で電話がかかったんだよ。そして今朝、久米緋紗江は旅装を整えてアパートを出て行った……これでもまだ、お父さんの言うことが信じられないかい？」

「だって……お父さん、わたし、瀬田さんを愛しているのよ」

「それとこれとは、別問題だ」

「わたしたち、もう結婚しちゃったんですもの」

そう言ってしまってから、涼子はハッとしたように口をつぐんだ。絶句したのは義久の方も同じであった。結婚した――これはもちろん、婚姻の形式を意味しているのではない。肉体関係を結んだと言っているのだ。

涼子は瀬田に、女の弱点を握《にぎ》られてしまったのである。男を受入れた肉体が、いかに弱いものか、女は自分の肉体を通して男を見るようになる――ということを計算に入れて、瀬田も涼子を求めたのだろう。

義久は大声で泣き出したい気持だった。

第五章　夜

笑えない気持

長い電話だった。しまいには、義久は怒ってしまったようである。父の激しい語調を、涼子は生れて初めて聞いた。

「もし、明日になっても帰って来ないようだったら、お父さんがそっちへ行くぞ」

と、怒鳴《どな》るように言って、義久は電話を切った。

「分ったわ、帰るわよ」

そう言いかけて、涼子は力なく受話器を置いた。涼子の返事は、義久の耳へ入らなかったのに違いない。応答は必要としない、一方的な義久の厳命というわけである。

明日、東京へ帰るより仕方がない——と涼子は思った。宮崎交通の渡辺課長に頼めば、明日の飛行機のチケットは確保してもらえるだろう。

「何か大変な電話だったらしいじゃないか……？」

涼子の両肩に、後ろから手がかかった。

「お父さん、勘違いしているらしいのよ。とにかく、東京へ帰って来いと言うの」

涼子は逃げるように、部屋の窓辺へ寄った。電話のやりとりを聞いていて、義久がどんなことを言って来たか、瀬田にも大方の察しがついているだろう。電話の内容を彼に詳《くわ》しく報告するわけには行かない。新婚早々の夫をつかまえて、あなたは悪人ですか、と訊くようなものである。

瀬田も、しつこく問いただそうとはしなかった。なり行きに任せるといった心境らしい。義久にどう誤解されようと、涼子さえ変なふうに疑わなければ、瀬田は痛痒《つうよう》を感じないはずだった。

瀬田は再び、ベッドの上に寝転んだ。彼はまだ、ホテルの寝巻を着たままだった。瑞穂市から宮崎へ帰って来て以来、涼子は瀬田の部屋で寝起きしていた。五〇一号室は、使っていなかった。

二人でツイン・ベッドの部屋へ移ればよかったのだが、フロントにそう頼むのがいかにも照れ臭い。仕方なく、シングル・ベッドで窮屈な思いをしているのだ。もっとも、今のところはそうするのが嫌だという気持は起らなかった。むしろ、瀬田の胸にしがみつくようにして眠りに落ちて行くことは涼子にとって限りない幸福感の泉であった。

常に体温を感じ、すっかり体臭を嗅《か》ぎ覚えてしまった男が、実は兄を殺した犯人の一人だった――と言われても、女がそれを素直に信ずる気持になれないのは無理もなかった。瀬田はすでに涼子の分身なのだ。いや、涼子が瀬田の分身なのかも知れない。彼は彼女の視界いっぱいに横たわっている。彼を客観視することは、不可能なのだ。

義久の判断通り、涼子は女の弱点を握られてしまっている。それでも、涼子が冷静な思考力を保っていられたのは、義久の叱咤《しった》のお蔭であった。愛人のためには父親の言い分も無視する――涼子はそれほど、無知な感情家ではない。

義久の言葉の中にも、気になる点が幾つかあった。うなずけることも、また思い当るふしも涼子は耳にしている。

たとえばアルバムから久米緋紗江の写真が消えてしまったことである。確かに、晴光の死後あのアルバムに手を触れた者は、家族を除いて瀬田きりいないのだ。その際に、瀬田が久米緋紗江の写真をはがし取ったのだという主張も、あながち馬鹿げた妄想だとは言えなかった。

杉浦出来夫という男と、瀬田は同一人物――。この想定にしても、頭から否定することは出来ない。杉浦出来夫という珍しい名前、イニシャルの一致、偽名を使う場合の心理分析と、義久は理論的な根拠を電話で言って来た。だが涼子には、実際上の裏付けを何点か思い浮かべることが出来るのである。

渡辺課長の案内で、えびの高原をドライブした時のことを、涼子は思い出す。瀬田は、この先に『七折の滝』がある、と涼子に予告した。だが、『七折の滝』と命名されたのは去年の暮れであって、八ヵ月ぶりに九州へ来た瀬田がそのことを知っているはずはなかったのだ。

これは、ごく最近に瀬田が宮崎へ来ていることを証明するのではないか。その時には、瀬田は渡辺課長に九州へ来たことを連絡しなかったのだ。なぜだろうか。瀬田には同伴者がいた、二人きり水入らずで旅行を楽しみたいという女と一緒だったと解釈したら――。

杉浦出来夫と瀬田は同一人物、瀬田は二月十日から十三日ごろまで九州へ出張していた、という義久の言葉が生きて来るのだ。

まだある。車が霧島温泉を通過したころから、瀬田は具合が悪くなった。このために、彼は都城市の旅館『梅枝』についた時も、車から降りなかった。疲れているのだろうというので、『梅枝』へは涼子一人が行って久米緋紗江について聞込んだのである。

この瀬田の急病は、果して本当だったのだろうか。仮病《けびょう》――つまり、具合が悪くなったふりをしたのだとも考えられる。もし瀬田が『梅枝』の女中たちに顔を見られたくなかったとしたら、気分が悪いふうを装うのがいちばん自然なのだ。

別府の『菊丁苑』の女主人を、宮崎のホテルへ呼びつけたことにしてもそうである。瀬田は、涼子が別府へ行かないと言出したら『菊丁苑』での久米緋紗江について調べられなくなると案じて、『菊丁苑』の人間を宮崎へ呼んだのだ、と弁明した。

しかし、その弁解には無理がある。そこまで気を配る必要が、瀬田にあっただろうか。『菊丁苑』の女主人黒木サヨに、わざわざ宮崎へ来てもらうために、瀬田は、クジャク石鹸の指定旅館とするよう尽力するという口実まで設けた。

だからこそ、客とは顔を合せない経営者の妻が出かけて来たのである。この場合久米緋紗江の部屋の係りをしていた女中に来てもらうのが、最も適切な処置ではなかったか。客の顔を知らない人間を呼んだところに、瀬田の魂胆《こんたん》があったと考えられるのだ。

瀬田が杉浦出来夫であれば、当然、旅館の女中には顔を見せられない。進んで涼子に、自分の正体を分らせるようなものである。

それで彼は、気分が悪いと見せかけて車から降りずに『梅枝』の場合はすませた。しかし、『菊丁苑』でもまたこの手を用いるというわけには行かない。彼は『菊丁苑』の経営者の妻を宮崎へ呼ぶという新手《あらて》を使った——。

涼子はアーム・チェアに腰を沈めて、溜息をついた。あるいは、義久の言うことが事実なのかもしれない。自分はまったくだまされているのではないか、というような気がして来たのである。

瀬田を信じたいという思いに変りなかった。そうでなければ、自分の立場があまりにも悲惨だった。女は周囲が平穏であれば悲劇のヒロインになりたがり、実際に悲劇に直面すると現実から目をそらそうとするものである。

涼子も今は、強《し》いて疑念を打消そうと努めているのだ。だが、昨夜遅く東京の久米緋紗江のアパートへ宮崎新観光ホテルから電話がかかったという厳然たる事実がある。これだけは、否定しようがなかった。涼子の気持は、重く沈んで行く。

「深刻な顔をして、何を考え込んでいるんだ？」

ベッドの上から、瀬田が声をかけて来た。涼子は彼の方へ顔を向けなかった。しかし、彼を憎んだり忌避したりする気は少しも起らなかった。

「あなた昨夜、東京へ電話をしなかったかしら？」

涼子は思いきって、そう訊いた。口調は意識的に柔らかくした。

「知らないな」

ベッドの上で瀬田が起上がる気配がした。涼子は視線を動かさなかった。瀬田にある種の反応が示されるのを見るのが、恐ろしかったのである。

「そう……」

「なぜそんなことを訊くんだ？」

「はっきり言っていい？」

「言ってくれよ」

「昨夜遅く久米緋紗江のアパートへこのホテルから男の声で電話があったんですって……」

「お父さんが、そう言うのかい？」

「ええ……」

「そして、その男の声がぼくだったんじゃないかって、疑っているわけか……？」

「父がよ」

「君は？」

「事実かどうか、確かめたいだけ……」

「ぼくは、かけた覚えがないな」

「交換台に問合せてみれば、すぐに分ることなのよ」

「問合せてみれば、いいじゃないか」

「あなたじゃないとすれば、誰が久米緋紗江のアパートへ電話したのかしらね。このホテルに久米緋紗江の知合いが泊っているなんて、偶然すぎると思わない？」

「そりゃあ、分らないさ。久米緋紗江が誰かに頼んで、ぼくたちの行動を見張らせているのかも知れない。昨夜の電話というのはその男の報告だったんじゃないかな」

「久米緋紗江が、そんな大がかりなことをするとは考えられないわ」

「大がかりなことでも何でもないだろう。たとえば、アリバイ表にあった杉浦出来夫という男、あれにでも頼めば簡単だ」

「そうね」

瀬田の考えに同調したわけではないが、凉子は軽くうなずいておいた。逆らっても仕方がないのである。ただ瀬田の口から杉浦出来夫の名前を聞くことが、凉子には不思議な感じであった。

ホテルの交換台に尋ねれば、何号室の誰が東京へ電話を申込んだかすぐに分る。しかし、凉子はそうしようとは思わなかった。そうする勇気もなかったし、瀬田は交換台に東京へ電話したことを秘密にするよう手を打っているのかもしれないのだ。

昨夜の七時ごろから、散歩して来ると言って瀬田は部屋を出て行っている。飲み屋街を探検してみるということだったので、凉子は同行するのを遠慮したのだ。瀬田が五〇三号室へ戻って来たのは、十一時すぎである。

かなり酒臭かったが、この間にホテルのバーなりダイニング・ルームなりから東京へ電話を申込むことは可能だったのだ。

「杉浦出来夫っていう人と、あなたのイニシャルが、そっくり同じだわね」

涼子は言うつもりなく、言葉を口にしてしまっていた。瀬田が、杉浦出来夫の名前を持出したからである。

「D・S……か。なるほど同じだ。ぼくは今まで、まるっきり気がつかなかったな」

瀬田は、大袈裟に驚いて見せた。それを横目でとらえながら、涼子は立上がった。

「杉浦っていう人、絶対にお風呂へ入らなかったそうね」

涼子は、菊丁苑の女主人の話を思い出していた。

杉浦ヒサエさんとご一緒だった殿方が、温泉旅館へいらしたというのに、どうしてもお風呂をお召しにならない——と、黒木サヨは言っていた。

瀬田は風呂が好きである。一日に二度も三度も入浴したことさえあった。瀬田と杉浦出来夫が同じ人間だとしたら、この相違をどのように解釈すべきだろうか。

「変った人ね。別府へ来てお湯を浴びようともしないなんて……。それとも、入浴はいけない病気にでもかかっていたのかしら?」

涼子はここで、自分の思いつきにハッとなった。義久は知らない新たな『状態の一致』

に気づいたのである。

凉子は硬《こわ》ばった表情を読みとられないように、瀬田に背を向けた。多分、顔色も変っているに違いない。それだけ鮮かな、事実の密着だったのだ。

杉浦出来夫は、身体の故障で入浴出来なかったのではないだろうか。身体の故障――それは、火傷《やけど》だったのだ。火傷した身体を湯につけるのは苦痛である。湯気に接しただけで焼けた皮膚は痛むものだ。それで、杉浦出来夫は浴室へも行こうとはしなかったのではないか。

杉浦出来夫と久米緋紗江は、瑞穂市の大火にぶつかって、避難バスで都城へ逃げ帰って来たそうである。この際に、杉浦出来夫が火傷を負ったということは、充分にあり得るのだ。

そして一方の瀬田もまた、火傷の処置が悪くて赤羽橋の済生会病院へ入院していたのである。

「つまらないことを考えるのはよすんだ。ぼくたちはぼくたちの道を歩めばいい。今日の夕方、宮崎を発《た》って延岡へ向う。ぼくたちには、また新鮮な明日というものがあるんだよ」

瀬田が前へ回って来て、激しく凉子を抱き寄せた。

「明日は、東京へ帰るんでしょう?」

涼子は瀬田の胸に頰《ほお》を押しつけながら言った。

「いや、明日はもう一度、霧島公園へ行くんだ」

「霧島へ?」

「そうだ」

瀬田は命令口調で言って、涼子を軽々と抱上げた。そうしてベッドへ運ばれて行く間、涼子は久米緋紗江と明日霧島の山中で落合うことになっているのではないか、と瀬田の真意を推し量《はか》っていた。

瀬田はベッドの上に横たえた涼子の身体を、緩《ゆる》やかに愛撫した。ブラウスの襟《えり》を開き、胸のふくらみに唇を押し当てる。腰のあたりを彼の掌が往復し始めた。

「笑ってごらん、涼子……」

と、瀬田がささやく。彼を受入れるべきではないのだと力んでみても、涼子の情感が迷っている。笑うに笑えないという気持だった。

対決の夜

左手に夕靄《もや》に霞んだ山脈《やまなみ》を望み、右手に雑木林や丘陵に見え隠れする海があった。あまり活気が感じられない、幾つかの町を通り抜けた。

山は時間がたつにつれて、違った色に衣がえする。最初は紫色だったが、やがて青くなり、そして今は乳色であった。時計を見やると、六時三十分だった。美々津《みみつ》という町で停車したばかりだから、延岡まであと一時間はかかる。この宮崎交通の急行バスが延岡につくのは、七時三十分ということになっていた。宮崎から約三時間の道程である。渡辺課長のすすめもあって、延岡へはバスで行くことにしたのだった。列車の鈍行と、時間は大して変らないし、風景を眺めながらの道行きはバスに限るというのが、渡辺の推奨の弁であった。

確かにバスの旅行には情緒があった。地方であれば尚更《なおさら》である。窓から道端の家の灯が見えたし、通行人の着物の柄まで判別出来るのだ。煮ものの匂いが流れ込んで来たり、目の前の電柱にとりつけてある看板がよぎったりするのも、その土地の生活に触れられたようで楽しい。

色変りする山脈が、郷愁の念を呼起す。涼子は東京が恋しくなった。隣席で、瀬田が目を閉じていた。眠っているわけではないだろう。何を考えているのか、ひどく寂しそうな横顔であった。

バスに乗ってから、涼子と瀬田はまだ一言も言葉を交していなかった。この気拙《きまず》い沈黙は、渡辺課長と三人でえびの高原へ向った時の、ハイヤーの中でのそれとまったく同じであった。あの場合は、渡辺という第三者がいたから救われたが、今日は二人きりなのである。そう簡単に、雰囲気が和《なご》むというわけには行きそうになかった。

しかし、この気拙い空気のお蔭で、涼子は瀬田に対する曖昧《あいまい》な気持をはっきり整理出来たのだった。

えびの高原へ向う車の中での気拙さは、前夜涼子の身体を求めて来た瀬田を、手厳《きび》しく拒《こば》んだことが原因だった。

そして今日の場合もまた、原因は同じようなことにあったのだ。新観光ホテルで、瀬田はベッドに運んだ涼子を愛撫しながら、次の行為に移ろうとした。それまで、情熱に迷いを来たしていた涼子は『瀬田と久米緋紗江は特別な関係にあった』という義久の言葉を念頭に置くことによって、目を閉じていた理性を呼び覚したのだった。

涼子は、瀬田の身体をはね返した。突然の抵抗にあって、瀬田はベッドから転《ころ》げ落ちた。

「そんなことで、胡魔化さないで！」

涼子は、乱れた服装をなおしながら部屋のドアの前まで走った。

「一体、どうしたというんだ！」

立上がった瀬田は、見せたこともない険悪な形相《ぎょうそう》をしていた。

「今は、そんなことをしている場合じゃないでしょう」

涼子は、ドアのノブに手をかけた。瀬田の出方次第では、部屋の外へ飛出すという態勢である。

「なぜだ？」

「不潔よ……第一……」

「何が不潔なんだ！」

「あなたは……あなたは、わたしだけのものじゃないんだわ。ほかの女の人に触れた手で……不潔よ、不潔よ、不潔よ！」

涼子は興奮していた。女としては、最も逆上しやすい状態にあったのだ。ほかのことなら許せても、裏切られたという不信感に嫉妬が加わった場合は、どうにも我慢がならないのである。

滅多《めった》に泣いたり怒ったりしない涼子だったが、今は頬を雫《しずく》が流れ落ちていたし、また瀬田を激しく罵倒《ばとう》しないではいられなかったのだ。

「それも、お父さんから言われたことなんだな」

瀬田は顔を伏せた。涼子の剣幕に圧倒されたらしい。瀬田もやくざ者とは違う。自分が不利と分っていれば、どうしても気弱さが出るのだ。

「あなたは延岡の工場に恋人がいるんだそうじゃないの。済生会病院に入院中、二度も延岡の工場に電話をかけたって、お父さんが聞込んで来たのよ」

「やっぱり、君もぼくを信用していないのか……」

瀬田は窓の外へ目をやりながら言った。哀《かな》しげな表情だった。

涼子も少し言いすぎたなと思った。瀬田が長谷部綱吉と晴光を殺した犯人かどうかという点では、涼子はまだ義久ほどの確信を持っていなかった。あるいは事実、瀬田と杉浦出来夫は同一人物かも知れない。裏付けもあるし、涼子も九十九パーセントそうだろうと観念している。しかし、だからと言って、事件においても瀬田が久米緋紗江の協力者だったということには、ならないのではないか。

もし瀬田が犯人の一人だと断定出来たら、涼子は今すぐにでも警察へ駆込むだろう。そうしないのは、瀬田が涼子にとって特別な人間であると同時に、確証がないからなのである。

涼子は刑事ではない。警察も注目していない人間を、想像だけで犯罪者と決め込むのは甚だ危険なことだった。

涼子は、瀬田が杉浦出来夫と名乗って久米緋紗江と九州を旅行して回ったことが事実だったとしても、それは仕方がないと思っている。女は、自分と特殊な関係になる以前の男の行状については寛容だったし、それに瀬田と久米緋紗江の仲を具体的に見せつけられたわけでもない。今後、瀬田が久米緋紗江と絶縁状態にある限り、彼を責める気はしなかった。

だから、瀬田が『梅枝』や『菊丁苑』の女中たちに顔を見せたがらなかったことは、それほど意に介していなかった。問題は、瀬田が久米緋紗江に協力して、今度の事件に一役買ったかどうかである。

瀬田が、長谷部綱吉や晴光に直接手を下していないことは明白である。彼は病院に入院中だったのだ。歴然としたアリバイがある。その瀬田が、どういう形で久米緋紗江に協力したというのだろうか。入院中の瀬田に、何が出来たか。

そうした意味で、涼子は義久のように頭から瀬田が共犯者だとは決めつけられないのである。ただ瀬田と杉浦出来夫は同じ人間らしい。従って彼と久米緋紗江は気を揃《そろ》えられる間柄ではないかという疑いがあるだけなのだ。それだけのことだったら、涼子は許せるのである。

今、涼子が憤慨したのは、何かというと女の弱点を利用して、ことを胡魔化そうとする瀬田のやり方なのだ。自分は杉浦出来夫という変名で、久米緋紗江と一緒に九州を旅行したのだと、なぜ男らしく告白してしまわないのか。そのあとに、しかし今は君だけを愛している、とつけ加えてくれれば、涼子は何も言うことはないのである。

涼子は恐らく、義久の誤解をとこうという気になっただろう。瀬田の腕の中で、思いきり甘えたかも知れない。

それなのに瀬田は、話が自分にとって不都合になると、まず涼子の身体を納得させようという安易な手段に出る。それが、涼子には堪《た》えられないのである。

だが、昨夜このホテルから久米緋紗江のアパートへ電話がかかったという事実を、どう解釈したらいいのか。それに、延岡工場にいる瀬田の恋人だという女を、このまま見過ごすことが出来るだろうか。

瀬田はこれから延岡へ行くという。出張という名目で来たからには、一度ぐらい工場へ顔を出しておかなければ拙いからだろう。しかし、もう一つには、延岡にいる恋人に一目でも会って来るという目的があるのではないだろうか。

延岡工場にいる瀬田の恋人——それがどんな女であるか、涼子には分っているのだ。宮崎空港まで出迎えに来た、あのお下げ髪の娘に違いない。延岡工場の総務課長の娘とかいう女だった。

娘は涼子を見たとたんに、露骨に敵意を示した。瀬田は自分のものという特権を意識しているからこそ、感情を表面にむき出しにしたのだろう。

瀬田は済生会病院に入院中、恋人に電話するのだと看護婦に言って、延岡へ申込んだという義久の話だった。瀬田もまた、あの娘が自分の恋人と明言してはばからないのである。互いに結婚を誓《ちか》った間柄なのかも知れなかった。

涼子は、久米緋紗江を無視出来ても、あの娘の存在を容認する気にはなれなかった。涼子よりも延岡の女の方が、先に瀬田を得たことには違いない。だが、久米緋紗江の場合と違って、涼子はあの娘と直接顔を合せているのだ。その上、相手から挑戦を受けている。ということは、延岡の女が瀬田にとって過去の人間にはなっていない証拠なのである。涼子が延岡へ行くことを承知したのは、総務課長の娘に関心があったからだ。瀬田を一人で行かせたくはなかったのである。

「延岡には、一泊するの？」

と、ドアの前を離れて、涼子は訊《き》いた。幾らか冷静になったようだ。

「うん。延岡の南町にある金星館という旅館を予約してある」

力なくベッドに腰を沈めて、瀬田は答えた。

「明日、延岡を発ってもう一度、霧島へ行くつもりなんでしょう？」

「そうだよ」

「わたし、延岡までは付合うけど、霧島へは行かないわ」

「君は、どうするんだ？」

「東京へ帰るのよ」

「ぼくを残して？」

「別行動ということになっても、仕方がないわ。明日中に東京へ帰らなかったら、お父さんがこっちへ出向いて来るっていうんですもの」

「そうか……」

瀬田はそれ以上、霧島行きを強制するようなことは言わなかった。あっさりあきらめたようである。彼は、遠くを見やるような目で、窓の外を眺めやっていた。その落した肩のあたりに、寂寥感《せきりょう》が漂《ただよ》った。

涼子は、バスの発着所まで見送りに来てくれた渡辺課長に、明日の飛行機のチケットを頼んだ。午後三時五分発の便のチケットを確保しておくから、それに間に合うように宮崎へ戻って来てくれという渡辺の話だった。

バスは土々呂《ととろ》を発車した。あと十八分ほどで、延岡に到着するという車掌の説明があった。荷物をまとめ始める気の早い老人もいた。バスの中が、そろそろ騒がしくなったようである。

瀬田も目をあけた。だが、涼子に話しかけようともしなかった。この気拙さ――先日の時と、まったく同じではないか。

　初めての接吻のあと、涼子が甘える気持で身体を寄せて行ったのに知らん顔をしていた瀬田が、今度は電話をかけ了《お》えたばかりの彼女を衝動的に求めて来た。この唐突なやり方に、涼子は必死になって抵抗したのだった。あれもやはり、涼子の意識をそらすと同時に、自分の絶対の味方にするための瀬田の手段ではなかったのだろうか。

　この同じ気拙さを味わったことによって、涼子はそう悟ったのである。実は、瀬田は涼子を少しも愛してはいないのではないか。瀬田が必要としたのは涼子の肉体だけであって、それも彼女を懐柔《かいじゅう》するための手段ではなかったのか。

　なぜ、瀬田は涼子を懐柔しなければならなかったのか。今度の事件を解明しようとかかっているのは、涼子と義久だけなのである。その一方の涼子の目を曇らせてしまえば、追及の鉾先《ほこさき》も鈍《にぶ》るだろう。瀬田の狙《ねら》いはそこにあり、またそういう成果を得るために彼は涼子に同行して九州まで来たのではないだろうか。

　つまり、瀬田は久米緋紗江の共犯者——と、涼子は彼の横顔をうかがった。その整った顔立ちが、見ようによっては冷酷無比の男のそれのように思えて来る。とにかく、どんなことをしても明日は東京へ帰ろう——と、涼子は自分の意志を再確認した。

　バスは定刻の七時半より五分ほど遅れて、延岡についた。瀬田と涼子は、金星館という旅館へ入った。南町の銀行と向い合っている旅館で、かなり大きな三階建の和風建築であった。

案内されたのは、三階にある十畳の和室だった。瀬田は手や顔を洗っただけで、食事を先にすますように言残すと、国富字本小路というところにあるクジャク石鹼の延岡工場へ出かけて行った。

風呂を浴びて食事をしようとしていた涼子に、女中が来客を告げて来た。松橋由喜代という若い女だそうである。総務課長の娘ではないか、と涼子は直感した。

「通して下さい」

涼子は、すっかり緊張しながら女中に命じた。何を言いに来たのか知らないが、向うから飛込んで来てくれたのは好都合だった。今日明日中に、一度は会ってみなければと、考えていた相手なのである。

涼子は、廊下にすえてある三点セットの籐椅子に腰をおろして、女が部屋に入って来るのを待った。

「お邪魔します」

作ったような女の声がして、襖《ふすま》があいた。

「どうぞ……」

落着けと、自分に言い聞かせながら、涼子は松橋由喜代の方へ顔を向けた。やはり、あの娘に違いなかった。しかし今日はお下げ髪ではなかった。お下げにしていた時はこれほど見事な髪の毛とは思えなかったが、彼女の肩へ豊かな黒髪が流れている。

それを見た涼子は、小さく叫び声を上げていた。

脱　出

松橋由喜代は涼子の目の前に坐った。その姿勢も表情も堅かった。言いたいことだけは言ってやる——と、心の準備をして来たらしい。すでに、対決の雰囲気を伴って来ているのである。

「お話があるんです」

と、彼女の言葉つきも紋切型《もんきりがた》であった。

「わたしも、お会いしたいと思っていたの」

涼子は負けまいと思った。前後の事情に関係なく、ここで松橋由喜代に圧倒されたくなかったのだ。

「わたし、松橋由喜代……」

由喜代の頰のあたりが、微かに紅潮した。彼女にしても精いっぱい背のびして、現在の体勢を維持しているのに違いない。

「クジャク石鹼延岡工場の総務課長さんの娘さんね？」

総務課長のお嬢さんと言いたいところだったが、涼子はわざと娘さん——という呼方をした。女の争いにはよくあることだが、まず相手を軽侮《けいぶ》しようと言葉づかいにまで気を配るのである。

「そうよ」

由喜代は肩をそびやかした。

「お話する前に訊いておくけど、あなた、瀬田さんには内証でここへ来たの？」

涼子は尋ねた。肝腎なことである。瀬田の差金《さしがね》によって由喜代がここへ来たのか、それとも彼女の意志による行動なのか、次第によっては涼子にも駈引が必要となって来るのだ。

「瀬田さんは何も知らないわ。わたし、あなたと二人きりで話合いたかったし、瀬田さんはそうされることを嫌《きら》うでしょうからね。瀬田さんは今、父のところへ来ているわ。わたし、それを見てそっと抜出して来たのよ」

由喜代は答えた。彼女の目に、嘘はないようである。

「瀬田さんは、どうして、わたしとあなたが二人きりで話合うのを嫌《いや》がるのかしら？」

涼子は訊いた。由喜代がそう言うからには、それなりの根拠があるからだろう。涼子は別に、由喜代と二人きりで会わないでくれと、瀬田から言われてはいなかった。

「さあ、瀬田さんは多分、嘘をついているからでしょう」

「嘘？」

「あなたにも、それから、わたしにも……」

「どういうふうに？」

「だって、一人の男が二人の女をうまくあやつるには、両方の女を適当にだましておかなければ……。だから、あなたとわたしに話合いをさせたくないはずよ」

「つまり、わたしにはわたしだけを愛しているように言い、あなたにはあなただけのものみたいに振舞うっていうわけ？」

「やっぱり、瀬田さんはあなたを愛しているって言ったのね」

由喜代の目許が赤くなったようである。泣きそうになったわけではない。興奮が盛上がったのだ。彼女の視線が刺すように、涼子の顔を射た。

涼子は思わず、四肢を縮めていた。由喜代の表情に激しい嫉妬の色が、露骨に示されたからだった。涼子は、このように生々《なまなま》しい人間の顔を滅多に見たことがなかった。

「勿論、瀬田さんとわたし、結婚するんですもの」

涼子は、半ば夢中で言った。これに対して相手がどのように反応を示すかは、計算に入れてなかった。ただ劣勢を挽回《ばんかい》するには、決定的なことを口にしないではいられなかったのである。

由喜代は顔色を変えた。まるでそうした病気にでもかかったように、唇が痙攣《けいれん》している。瞬《まばた》きをしない目が、みるみるうちに充血していった。

「出鱈目《でたらめ》を言わないで！」

弾《はじ》き出されるように、由喜代の口から言葉が洩《も》れた。

「嘘じゃないわ」

相手の狼狽ぶりに、涼子の方が逆に冷静さをとり戻せた。

「絶対に、そんなはずがない！」

「瀬田さんに訊いてみるのね」

「嘘だわ。瀬田さんは、わたしを愛しているのよ」

「結婚しようとでも言ったの？」

「言ったわ」

「それで、どのくらい深い仲なのか、お訊きしたいわね」

「深い仲……？」

「そう。例えば……あなたと瀬田さん、すべてを許し合った間柄なの？」

「肉体関係っていう意味？」

「どうなの？」

「それは……」

「男女の親密度って、お互いに何もかも知り尽し、何もかも受入れて許し合うってことによって決るものだとは思わない？」

「じゃあ、あなたと瀬田さんは……」

「事実上、夫婦も同じだわ」

あまり自慢すべきことではないと分っていたが、この時の涼子は瀬田と肉体関係にあるという事実を、誇らしげに告げないではいられなかった。

由喜代は立上がった。両手で顎《あご》を包むようにして、彼女は座敷の真中まで小走りに足を運んだ。猫背《ねこぜ》かげんの後ろ姿が、電灯の下で寒々とした感じだった。

「恐らく、瀬田さんはあなたのことを求めようともしなかったんでしょう。愛していれば、男は女を欲しがるのは自然よ。つまり、瀬田さんはあなたを愛してもいなかったという証拠じゃない？」

追打ちをかけるように、涼子は由喜代の背中に言った。由喜代の返事はなかった。瀬田から求められもしなかったことを、彼女は是認したのだ。

これで、二人の女の対決は終った。勝敗がはっきりしたのである。涼子は、優越感を満喫してもいいはずだった。しかし、涼子の胸のうちに沈澱物《ちんでんぶつ》が残り、埋められない隙間が多くあるのは、一体どういうわけなのだろうか。

仮想の敵に勝ち、実際の敵には敗北したような気持であった。由喜代を沈黙させたところで、それがどれだけ有意義な勝利だと言えるのか。実は、由喜代の豊かな髪の毛によって、自分は底知れぬ敗北の穴へ落込んだのではないか——と、涼子は思うのである。

涼子も口をつぐんだ。次の行動へ移るのも億劫であった。彼女の思惑は一点に置かれてあって、そのまま動こうとはしないのだ。当面の敵は由喜代ではなく、瀬田なのだ——という想定が、今はすっかり凝結《ぎょうけつ》してしまっているのである。

お下げ髪に束ねていた時と、それを解いて長く散らした場合の由喜代の印象は、まるで違ってしまう。それに体つきと言い、背丈と言い、久米緋紗江と極端な差はないのである。

この由喜代が派手な服装に厚めの化粧をして、豊かな髪の毛を肩に流せば、あるいは久米緋紗江のスタンド・インを勤められたかも知れない。二月十五日と十六日の夜、宮崎の新観光ホテルに姿を現わした久米緋紗江のスタンド・インは、この由喜代ではなかったか。由喜代は、誰の指示によって、そのように行動したのか。言うまでもなく、瀬田の指示だったのである。

涼子は、今日の昼間、義久からかかって来た電話の内容の一部を思い出す。済生会病院に入院中の瀬田は、二度も九州の延岡へ電話をした。クジャク石鹼延岡工場を呼出して、由喜代に連絡をとったのだ。

一度目は二月十五日の午後四時で、八通話も話している。二度目は翌日の十六日で、午後二時から六通話。いずれも、かなりの長話である。

そして、二月十五日と十六日の夜、由喜代が宮崎の新観光ホテルに来たのだとしたら――そこに、何の関連性もないのだとは言いきれないではないか。

瀬田がどういう形で久米緋紗江に協力したのか、入院中の瀬田に何が出来たか、と涼子はたかをくっていたのだが、このように彼でなくてはやれない大役があったのだ。二月十五日の白昼、銀座四丁目の交差点で晴光に目撃された久米緋紗江は、その直後に済生会病院に入院中の瀬田に相談を持ちかけたのではなかったか。

その結果、何よりもまず九州における久米緋紗江のアリバイを確立しておかなければならないと、結論が出た。十五日のうちに、久米緋紗江が宮崎へ帰りつくことは不可能である。従って、十五日の夜のアリバイが必要だった。

それに加えて、翌十六日の晩に長谷部綱吉と晴光を殺すという計画があった。となると、十六日の夜の久米緋紗江のアリバイも成立させなければならない。

それで、十五日と十六日の二晩、久米緋紗江の代りに由喜代を宮崎新観光ホテルに宿泊させることを、思いついたのではなかったか。無論、瀬田の発案によるものだろう。彼はたまたま、クジャク石鹸延岡工場の総務課長の娘に、髪の毛さえ長くすれば久米緋紗江の代役を果せそうな由喜代がいることを、知っていたのに違いない。

「ねえ……」

と、涼子は穏やかな口調で由喜代に声をかけた。由喜代の肩が、ピクリと震えた。

「もう一度、ここにお坐りにならない？　わたしたちが言争っても、何にもならないわ。わたしも、ひどいことを言って申訳ないと思っているのよ。実を言うと、わたし、瀬田さんのことなんて、もうどうでもいいのよ。それより、あなたに二、三お訊きしたいことがあるの」

涼子は低く出た。瀬田のことはどうでもいいというのは、決して本心ではなかったが、由喜代の話によってはそう思わなくてはならなくなるのだ。涼子もある程度は、覚悟したと言ってよかった。

由喜代は、身体の向きを変えた。叱られに行く子供のように、緩慢な動きで廊下の籐椅子へ戻った。

「あなた、二月の十五日と十六日に、瀬田さんから電話をもらったでしょう？」

由喜代が顔を上げる前に、涼子は訊いた。

「二月の十五日と十六日……？」

由喜代は、天井へ目を向けた。

「そう、瀬田さん、東京の病院に入院中だったはずだわ」

「ああ、火傷で入院しているとか言っていた時ね。覚えているわ。確かに電話をかけて来たけど……」

由喜代がうなずいた。

「ずいぶん、長い電話だったらしいけど、瀬田さん、どんなことを言って来たの？」

「どんなことって、ただ賭《かけ》をしただけだったわ」

「賭？」

「わたしが一人で、一流のホテルに泊りに行けるかどうかって……」

「電話で、急にそんな賭を持ちかけて来たの？」

「そうじゃないのよ。瀬田さん、二月十二日に出張でうちの工場へ来たの。その際に、一流のホテルに泊ってみたいな、一人ではどこへも行けないくせに、なんて瀬田さんとわたしが冗談を言合ったのよ。そうしたら、十五日に瀬田さんから電話があって、この前の冗談を実行してみないか、もし出来たら東京へ招待する、賭をしてみようじゃないかって言って来たの」

「瀬田さん、二月十二日に延岡の工場に顔を出しているのね？」

やはり瀬田は、そのころ、九州へ来ていたのである。八ヵ月ぶりに九州へ来たというのも嘘だったし、彼と杉浦出来夫を同一人物だとする説は確定的であった。

「ちょっと来て、すぐ帰ってしまったけど……。アンモニア水の新しい研究結果を、見に来たんだとか言って、資料を急いで持帰ったわ」

急いだのは当然である。瀬田には、そうしなければならない理由があったのだ。

「それで、あなたは瀬田さんが持ちかけて来た賭に乗ったというわけね？」

涼子は、話の先を促《うなが》した。

「ええ……」

「で、その一流ホテルというのは、どこのホテルだったの？」

「宮崎の新観光ホテル……」

「勤めが終ると、延岡から宮崎の新観光ホテルへ直行して、そこに一泊。ホテルでは東京の人間らしく装って、宿泊者名簿には杉浦ヒサエという名前を書込んだ……」

「どうして、あなた、そんなことまで知っているの？」

「東京の人間らしく振舞うことも、名簿に記入する名前も、瀬田さんの命令通りにしたんでしょう？　それから、スーツ・ケースの型や色、服装、お化粧、お下げ髪ではなくすることまで、何もかも瀬田さんの指定に従ったというわけね？」

「スーツ・ケースや服装は、十五日の夜までに大急ぎで準備したのよ。瀬田さんの指示通りにしなければ、実際にわたし当人が新観光ホテルに行ったということを証明出来ないでしょう」

「翌日の十六日も、それと同じことをしたのね？」

「ええ。二日続けてやれば絶対に確かだということになるって、瀬田さんが言うから、わたし……」

「あなた、瀬田さんの言うことなら……唯々《いい》諾々《だくだく》と従うっていうわけ？」

「だって……瀬田さん、わたしのことを愛しているって言ったわ」

由喜代は顔を伏せて、唇を嚙《か》んだ。涼子は茫然《ぼうぜん》となった。由喜代を責める資格は、涼子にはないのである。愛する——という言葉に眩惑《げんわく》され自分を見失っていた涼子も、今は瀬田の術中から脱出を試みるほかはないのだ。

燃える

飛行機は離陸した。地平線が急角度に傾斜して、宮崎市街も山脈《やまなみ》も反回転したようだった。涼子は宮崎空港のターミナルに、目を凝《こ》らした。人影を認められるわけがなかったが、そこには渡辺課長がいるに違いない。十五時五分の二一八便に乗る涼子を、空港まで見送りに来てくれたのは渡辺課長一人だけだったのである。

宮崎との寂しい離別だった。意欲と期待を胸に、九州へ来た自分が嘘のようであった。九州における幸福で充実した数日間――そして今は、逃走する敗残兵のように一人九州を去るのである。涼子は、惨敗を胸の奥で噛《か》みしめた。

涼子は、昨夜のうちに延岡から宮崎へ帰って来てしまったのだった。瀬田の顔を見るのが恐ろしくもあり、また言葉を交わすのも苦痛であった。涼子は瀬田が戻って来ないうちに、金星館を出ることにした。松橋由喜代が引揚げて間もなく、涼子は置手紙も残さずに金星館の正面玄関へ降りて行った。

もう宮崎行きの急行バスはなかった。列車には乗るのも億劫である。涼子は、タクシーを飛ばすことにした。宮崎についたのは、夜中の一時すぎだった。タクシーの運転手が、泊れる旅館を探してくれた。彼女は九州へ来て初めて、話相手もいない一夜を過ごしたのである。

ほとんど眠らずに朝を迎えて、涼子は渡辺課長に連絡をとった。午後二時半に、渡辺が車で誘いに来た。急用が出来たので一人で先に帰るという涼子の弁解に、渡辺は不審を感じなかったらしい。いつに変らぬ明るい顔つきで、彼は涼子を見送ってくれた。

飛行機はすでに、海の上へ出ていた。瀬田との距離が、みるみるうちに開けて行くような気がする。涼子は、一つの島になってしまった九州の海岸線に、目を細めて見入った。ともすれば激情に駆られて、嗚咽《おえつ》しそうになる涼子だった。

スチュワーデスが紅茶を配って来た。涼子はその紙コップを片手に、座席のポケットから飛行機の時刻表をとり出した。今さら、調べてみたところで大した意味もないが、涼子は久米緋紗江がどのような径路で東京と九州の間を往復したのか、一応は確かめておきたかったのである。

久米緋紗江が、二月十五日早朝まで別府の菊丁苑にいたということは、間違いなかった。問題は、十五日の朝七時前に菊丁苑を出てからの彼女の行動だった。

アリバイ表によると、宮崎県の観光地めぐりをしたことになっているが、もちろん、これは嘘である。久米緋紗江は、菊丁苑を出た足でそのまま東京へ向ったのだ。彼女は一体、どこの空港を何時に出発する飛行機に乗込んだのだろうか。涼子は、時刻表を目に近づけた。

午前中に大阪へ向う便は、一本きりなかった。北九州市の小倉空港から出ている、十時五十分発の二二二便である。涼子は、九州観光案内についている日豊本線の時刻表と照合してみた。別府発七時五十三分の急行『ぶんご』というのがある。小倉まで約二時間半で行く。

久米緋紗江が小倉空港から出る飛行機で九州を離れたことは、百パーセント確実であった。この飛行機は伊丹で、一時発の東京行に接続する。羽田着が、二時十分だった。久米緋紗江は、行かなければならなかった銀座周辺までタクシーを走らせて、そして四丁目の交差点付近を歩いているところを晴光に見かけられたのだろう。

十五日の夜、犯行を断念した久米緋紗江は都内の小さな旅館にでも一泊したのに違いなかった。瀬田の指示を受けた松橋由喜代が、利用されているとも知らずに宮崎の新観光ホテルへ、久米緋紗江のスタンド・インとして出かけて行っている。久米緋紗江は安心して東京にいられたのだ。

だが、翌日の昼すぎには久米緋紗江本人が再び別府の菊丁苑へ、荷物を引取りに姿を現わしているのである。従って、彼女は翌十六日にも一旦九州へ引返しているはずであった。

午前十時前の大阪行飛行機に乗って、正午すぎに別府の菊丁苑へ行きつくには、十一時三十五分に大分空港着の便を利用するほかはなかった。大分から別府までは、普通列車でも二十分たらずである。

菊丁苑を引きはらった久米緋紗江は、すぐまた東京へ戻って来た。この日の夕方、晴光と会い、何らかの口実を設けて長谷部綱吉と引合せてくれるように頼んだのだろう。晴光は久米緋紗江を伴って、長谷部綱吉の住いである神楽坂マンションを訪れた。そこで、久米緋紗江は長谷部綱吉をメチル・アルコールによって殺し、一方では晴光をマンションの屋上へ誘って突落したのである。長谷部綱吉の部屋で晴光の指紋が検出されたのは当然だし、名刺、ネクタイ・ピン、新橋保健所用箋に吐きつけられた唾《つば》などは、いずれも久米緋紗江が細工しようとすれば可能なことばかりではないか。

十六日の夜も、また松橋由喜代が宮崎新観光ホテルへ行ってくれるし、久米緋紗江は十七日の正午頃までに宮崎の旅館『豊ふじ』へ乗込めばよかったのである。

羽田空港へは、定刻よりも十分ほど遅れて夕方の六時二十分に到着した。飛行機のエンジンが停止して、にわかにあたりが静かになるのと同時に、涼子はホッと気のゆるみを覚えた。夜の空港を彩《いろど》る各種のイルミネーションを見ると、東京へ帰って来たという実感が湧《わ》いた。胸のうちが温まる思いであった。

ゲートを出ると、羽田空港のロビーは相変らずの混雑ぶりだった。旅行者の疲れた顔と出迎えの人々の笑顔と――大勢の人間のいることが、涼子にはひどく懐かしかった。自分だけが悲劇的な人物、という気持も消えた。

涼子はロビーにある電報電話受付所に近づいた。赤電話が一つだけ、あいていた。彼女は、自宅の電話番号を回した。父が出てくれるといいが――と、涼子はベルが鳴り続ける間、足ぶみをしたい気持でいた。

「もしもし……」

相手の声が父のそれと分るまで、涼子は一瞬、息を詰めていた。

「涼子です」

「どこにいる?」

「空港です」

「羽田かい?」

「ええ」

「お前一人だね?」

「そうよ」

「これから、すぐ行くからね。空港で待ってなさい」

「一時間近くも、ここで待っているの?」

「じゃあ、どこかで待合せよう」

「そうして欲しいわ」

「どこがいい?」

「そうねえ。有楽町と新橋の間に、雪橋っていう大きなお好み焼きの店があるのを知ってる?」

「銀座電話局の裏あたりにある、あの雪橋かい?」

「そうよ」

「分った、そこにしよう。これから、すぐに出かけるからね」

「きっと、同じ時間につくぐらいだと思うわ」

「じゃあ……」

と、電話は義久の方から切った。

父がなぜ、直接家へ帰って来いと言わないのか、涼子には分っていた。義久は、前もって涼子に話しておきたいことがあるのだ。多分、涼子と瀬田の深い関係についてだろう。そのことを、雅子をはじめ家族たちの耳へは入れたくないのに違いない。

義久の、雅子と涼子の両方に対する思いやりなのだ——と、彼女はタクシーに乗込みながら、ふと父に申訳ないという気持になった。そのことのために、夜の外出など大嫌いな父が、わざわざ銀座まで出てくるというのである。

お好み焼きの店『雪橋』は、あまり混んでいなかった。冬の間は空席がなくて何人もの客が帰って行くほど、繁昌《はんじょう》する店であった。だが、三月の下旬ともなると、もうシーズン・オフということになるのだろうか。

全館個室という表看板だが、壁で仕切られた部屋が幾つもあるわけではない。高い衝立《ついたて》に囲まれた簡易部屋が、一階に二十あって、二階がお二人さま用の個室になっているのだった。

涼子が下足札をもらって廊下へ上がったとたんに、右側の衝立の陰から声がかかった。

衝立の隙間に、義久の顔の一部分がのぞいていた。

「やっぱり、わたしの方が遅かったのね。第一京浜が、とても混雑していたの」

涼子は、即席の座敷へ入り込むと、すぐにそう言った。

「こっちも、五分ばかり前についたんだよ」

義久は、ネクタイを緩めにかかっていた。ただいま帰りました、とも言わなければ、疲れたろうでもない。挨拶《あいさつ》は抜きにしても、再会出来たことを互いに安堵《あんど》しているのが父娘《おやこ》だった。

しかし、今夜の義久と涼子は、相手の顔を直視しようとはしなかった。目をそらしがちである。九州へ出かける前の涼子とは違ってしまったのだ――と思うと、父娘であるだけに、こだわってしまう。何かしら、気拙いものがあるのだ。

女中が、酒を運んで来た。涼子が来る前に、義久が頼んでおいたのだろう。

「涼子も、何か飲まないか?」

義久が言った。

「そうね。おビールを頂こうかしら?」

そう言ってしまってから、涼子は宮崎で瀬田と一緒に飲んだビールの味を思い出した。

「ビールと、Bコースを二人前、お願いします」

義久が女中に注文した。涼子は、木札に墨字で書いてあるBコースの部を盗み見た。焼きソバ、エビ焼き、季節貝焼き、青もの焼き、雪橋焼き、アンコ巻——涼子のお好みのものばかりだった。

「いろいろと考えてみたんだがね、こうとしか思えないという結論が出たんだよ」

独酌《どくしゃく》で盃《さかずき》を口へ運びながら、義久が言った。

「何が……?」

「動機さ。久米緋紗江は、なぜ長谷部綱吉を殺さなければならなかったかだよ」

義久は、あえて瀬田の名前を口にしなかった。久米緋紗江だけを、犯人として扱っている。これも、涼子の気持を察してのことだろう。

「そうか……」

涼子は、未だに事件の動機について分析を試みていなかった自分に気がついた。

「お父さんの結論は、あくまで想像なんだ。だが涼子は実際に九州を歩いて来ている。あるいは、お父さんの想像を事実と裏付ける何かに思い当るかも知れない。だから、まずお前に話して聞かせたいんだ」

「じゃあ、その結論というのを、早く聞かせて」

「瑞穂市の大火なんだよ」

「それが、どうしたの？」

「久米緋紗江と杉浦出来夫が、あの瑞穂市の大火にぶつかったということは事実なんだ。そして、恰度《ちょうど》そのころ、長谷部綱吉が郷里の都城へ帰省していたことも確かだろう。つまり、大火があった日、久米、杉浦、長谷部の三人は瑞穂市の周辺にいたというわけだよ。その後間もなく、久米、杉浦が長谷部を抹殺《まっさつ》した……。こうなると、瑞穂市の大火を抜きにしては、事件の全貌を明らかにすることが出来ないような気がするんだがね」

「瑞穂市の大火が、殺人の動機だったというの？」

「そうだ」

「火事が、どうして殺意を生んだのかしら？」

「あの大火の原因は、はっきりしないらしい。どこからともなく出火して、あっと言う間に燃え広がった……。屋外における失火、具体的に言うなら、土地の者ではない人間が通りすがりに過失で火を出して、それが凄《すさ》まじい勢いで燃え上がったので慌《あわ》てて逃げてしまった……」

「過失で火を出したのが、久米緋紗江と杉浦出来夫のアベック……」

「杉浦——つまり、瀬田君が左腕のほとんどに火傷《やけど》を負ったというのが、その証拠だ。逃げて行くうちに火傷したにしては、ちょっとひどすぎると思わないかい？　あれは、燃え上がった火を消そうとして、負った火傷じゃないだろうか？」

「その場を、長谷部綱吉が目撃したっていうわけ？」

「そうなんだ。あるいは、長谷部綱吉はあの二人が火を出したのだとはっきり見定めたわけではなかったのかも知れない。しかし、久米緋紗江は、見られたと判断してしまった。新橋保健所に勤めていたことのある彼女は、長谷部綱吉の顔を知っていたのだろう」

「それだけのことで、人を殺すかしら？」

「殺すと思うね。確かに重失火罪より殺人罪の方が重い。しかし、それは刑罰の重さだろう。罪の意識、責任の自覚は、あれだけの大火の原因を作ってしまったことの方が、はるかに根深い。被災者六万、死者二十八人、行方不明と負傷者が百数十人……。二人の人間が、一つの都市を全滅させてしまったようなものだろう。こうなると、人殺し以上の罪悪感に空恐ろしくなり、何とかして自分たちのやったことを隠蔽《いんぺい》しようと必死だ。そのためには、殺人もあえて辞さなかったのに違いない」

「お父さんの推測は、多分、当っているでしょうね。長谷部家の先代は都城ばかりではなく、瑞穂市にとっても功労があった人だそうだわ。瑞穂市の人たちで、長谷部の名前を知らない者はいないって……。大火があった夜、長谷部綱吉も当然、馬踊りを見物に瑞穂市へ来ていたでしょうね」

涼子は、瀬田との初夜を迎えた瑞穂市の旅館の女中から聞いた話を思い出していた。鉄板の上で、豚《ぶた》の脂身《あぶらみ》が音を立てていた。

銀座四丁目

その夜、瑞穂市は年に一度の祭にわき立っていた。市民はもちろんのこと、馬踊りの見物に集って来た観光客たちが、この小都市にあふれていたことだろう。

十時すぎに、北本町にある市の土木課の資材置場から出火して、四時間五十分で市の大半を焼きつくしてしまったという。出火原因は不明だが、資材置場にはコールタールや機械油が置いてあったから、そこに煙草の吸殻を捨てたりして火を出したということは充分に考えられるわけである。家の中から火を出したのではない。通行人の過失だったという可能性は強いのだ。

異常乾燥に加えて、霧島颪《おろし》の空っ風が強い夜だったそうである。火の回りが早く、市内は大混乱に陥った。従って、死者の大半は焼死ではなく、逃げる途中で倒れたりして圧死をとげたのだという旅館の女中の話だった。

その点、義久が指摘したように、瀬田の火傷というのは不自然であった。瀬田と久米緋紗江は都城から瑞穂市へ馬踊りを見物に出かけて行ったのだ。つまり二人は、瑞穂市では終始、戸外にいたということになる。そして出火——瀬田と久米緋紗江は、戸外の道を逃げるために走ったことだろう。その瀬田が左腕に打撲傷を負ったというなら、うなずけるのである。しかし、彼は火傷という被害を受けたのだった。左腕だけを焼いてしまったというのもおかしい。

「火事の原因は、久米緋紗江が作ったんだろうな」

と、義久が鉄板の上の焼きそばを、一本だけ箸《はし》でつまみ上げながらいった。

「どうして？」

涼子は、口のまわりについたビールの泡《あわ》を手の甲でぬぐいとった。

「犯罪に関して、直接行動しているのは久米緋紗江だからさ。瀬田君は、それを援護しているだけだろう。やはり、責任の度合いによって積極的に動くかどうか、決るものじゃないかな」

「久米緋紗江がどうして、火事の原因なんて作ったのかしら？」

「どうにでも考えられる。彼女がいたずらに煙草に火をつけて、そのマッチをお前が話してくれた市土木課の資材置場にあった機械油のカンの中へでも、捨てたのかも知れない。あるいは、その晩の二人は酒でも飲んで酔っていたのじゃないかな。酔った勢いで、もっと悪質ないたずら……面白がって、コールタールか機械油に火をつけた……」

「放火じゃないの」

「だからこそ、二人の人間を殺さなければならない羽目に追いやられたんだろう。最初はそんな大事にはならないと思って、やったことに違いない。ところが、火は勢いよく燃え上がった。そこで、瀬田君が慌《あわ》てて火を消そうと努めた。だが、瀬田君は火傷してしまうし、火勢は強くなる一方だ。こうなったら逃げるよりほかはない。二人は、その場を離れた……」

「長谷部綱吉と会ったのは？」

「逃げようとした時だと思うよ。長谷部は久米緋紗江に声をかけた。しかし、その場で言葉を交わしている余裕はない。それぞれ違った方向へ逃げ散って、すぐ長谷部の姿を見失ってしまった」

「久米緋紗江は、長谷部綱吉に目撃されたと判断したわけね？」

「目撃されたという気がしただけかも知れない。しかし、都城へ逃げ帰ってその夜のうちに、久米緋紗江と瀬田君は長谷部殺しの計画を練り始めたのじゃないだろうか……」

「何も確かめないうちに殺すことを考えるなんて、ずいぶん乱暴ね」

「仮に、火を出す現場を目撃されなかったとしても、長谷部の存在は彼らにとって甚だ危険だったわけだろう」

「なぜ？」

「後日、出火原因の調査が始められる。出火地点の見当はついている。当夜の十時すぎ、出火場所の付近で人を見かけた者はいないかと、調査はこの線に沿って進められる。まれに見る大火だから、調査は厳しいだろう。こうなった場合に、たとえ目撃はしなかったとしても、長谷部綱吉が久米緋紗江たちと出会ったという情報を提供する恐れがあるわけだ。長谷部を除けば、久米緋紗江たちの顔を知っている人間は一人もいない。瑞穂市から東京へ帰って来てしまえば、絶対に安全だといえるだろう」

「二月十五日を犯行の日と決めたのは？」

「その頃には、長谷部綱吉が東京へ帰っていると見たからだろう。久米緋紗江と瀬田君は翌日に都城をたって、途中、瀬田君だけが延岡の工場へ寄って出張目的を果し、それから別府へ向い菊丁苑に落着いたという順序だろうな」

「次の日、瀬田さんは菊丁苑を出ているわ。東京へ帰って来たのかしら？」

「そうだ」

「何のために？」

「久米緋紗江のアリバイ工作もしなければならないし、それに左腕の火傷がひどくなったからじゃないかな。九州の病院に入院するわけにはいかない。危険だし、アリバイ工作も出来なくなる。そこで、帰京して東京の病院へ入ることにした。瀬田君は二月十三日の夜に赤羽橋の済生会病院へ入院している。つまり、菊丁苑をたったその日の夜、東京の病院へ入ったというわけだ」

「十五日になって、久米緋紗江もひそかに東京へ帰って来た……でも、どうして久米緋紗江は銀座へなんか姿を現わしたのかしら？」

「長谷部に連絡して、彼と料亭高千穂で会うことにでもなっていたのじゃないかな。久米緋紗江にしても、殺す前に、長谷部が瑞穂市の大火についてどの程度の関心を抱いているか、確かめてみたかったんだろう。しかし、久米緋紗江はほんの短い距離を歩いただけなのに違いない。新橋保健所のかつての同僚たちが、銀座を歩いているかも知れないからね。出来れば、高千穂の前にタクシーを乗りつけたかったくらいだろう。ところが、銀座の裏通りは車を乗入れにくい場所だ。久米緋紗江は、たとえ百メートルでも歩かなければなら、なかったんだよ」

「高千穂へ乗込んで、店員たちに顔を見られるくらいなら、アリバイ工作なんて無意味だと思うわ」

「そんなことは、どうにでもなる。何も高千穂の店員たちの目の前に、顔をさらすことはないんだ。長谷部綱吉と、二人だけで会えるような方法の、うち合せが出来ていたのかも知れない」

「まあ、いいわ。それで、そのほんの少しの距離を歩いているうちに、お兄さんに声をかけられたわけでしょう」

「声をかけられても、久米緋紗江は知らん顔を装った。しかも、幸運なことに晴光がすぐ何かの錯覚で久米緋紗江を見失った。彼女は安堵《あんど》した。しかし、この日のうちに長谷部綱吉を殺すには、多少の不安があった。彼女が東京にいたことを、晴光が知っている。用心の上にも用心を重ねなければならない」

「久米緋紗江は済生会病院にいる瀬田さんに電話で相談した……その結果、犯行は一日延期ということになったのね。お兄さんが、銀座四丁目での奇跡にこだわっているかどうかを推量するために……」

「晴光の運が悪かったんだな。この日、済生会病院へ瀬田君を見舞に行ったりしなければ、晴光は殺されなくてもすんだんだよ。いや、見舞に行っても、銀座四丁目での奇妙な体験など、瀬田君にしゃべらなければよかったんだ」

「瀬田さんは、躊躇《ちゅうちょ》なくお兄さんを殺そうと決心したのね。今になって分ったんだけど……瀬田さんは十六日にも、お兄さんに会わなければならない理由があったのよ。恐らく殺すのに都合のいいように、お兄さんを行動させたかったんだわ。だから、十六日にもカステラを持って見舞に来てくれって頼んだのよ。でも、お兄さんの代りにわたしが病院へ行ったでしょう。それで仕方なく、久米緋紗江自身が新橋保健所へ電話して、お兄さんを呼出したんだわ」

涼子は、二月十六日、済生会病院へ瀬田を見舞に行った時のことを思い出す。瀬田は涼子の顔を見て、意外だというふうな素振りを示した。晴光は来ないのかと、しきりに残念がっていた。

自分を少しも歓迎してくれないと、涼子は腹を立てたものだが、瀬田には晴光が来るのを心待ちにしていた事情があったのだ。それにしても——と、涼子は薄ら寒さを感じて上体を震《ふる》わせた。

晴光と瀬田は、どのような間柄にあったのだろうか。まるっきりの他人という仲ではなかったはずである。俗な言い方をすれば、一つ屋根の下で寝起きして、同じ釜の飯をくった、二人だったのだ。親友以上の関係と見ていい。利害がからむとはいっても、一方が片方を計画的に殺すなどとは、情理からも考えられないことだった。

「人間って、恐ろしいものなのね」

凉子は、とり皿に盛られたまま冷たくなってしまった焼きそばをみつめた。次々と運ばれて来ているお好み焼きの材料も、メリケン粉の表面が泡立っていた。

「瀬田君のことか……？」

義久も同じ考えに沈んでいたらしく、溜息まじりに言った。

「久米緋紗江もよ」

「うん……」

「久米緋紗江だって、一度はお兄さんのものになったんでしょう。それに、お兄さんとの結婚も考えたことがあるというのに……女としての情というものが、久米緋紗江の場合には通用しないんだわ」

「恋愛しようと肉体関係を結ぼうと、男と女は所詮《しょせん》は他人さ。夫婦の間で殺し合いをする例だって、幾らもあるじゃないか。瀬田君にしてもそうだよ。晴光とは兄弟以上の仲だった。しかし、瀬田君は殺人の濡衣《ぬれぎぬ》を着せておいて、晴光を殺すという非情な手段を用いた。しかも、その上……結婚するなどといって、凉子を……凉子のいちばん大切なものを奪った。大切なものというのは、お前の自尊心だよ。お父さんは瀬田君を、心から憎んでいる。八つ裂きにでもしてやりたい。だがね、その前にお父さんはつくづく思うんだ。人間というものは、自分を守るためにはどんなことでもやるって……」

義久は、好きな酒も今は口へ運ぶ気になれないようだった。盃《さかずき》には、酒が満たされたままになっていた。

「行こうか……」

と、義久が片膝を立てた。

「ええ……」

涼子も、コートを引寄せた。

「これから銀座四丁目の交差点へ行ってみよう」

「交差点へ？」

「うん。晴光がどんな錯覚によって、追って行った久米緋紗江の姿を見失ったのか、考えてみたいんだよ」

「今になって、そんなことが分っても、何にもならないわ」

「そりゃあ、そうだがね。晴光も納得が行かないままに死んだんだ。なぜ、久米緋紗江が消えてしまったのか、その結論を出すことが晴光の供養になるような気がするんだよ」

「警察へは？」

「そのあとで寄ろう」

「でも、久米緋紗江がお父さんの言う通り、九州へ向ったのだとしたら……？ 瀬田さんは昨日、明日もう一度霧島へ行くんだっていっていたわ」

「二人は、霧島で死ぬつもりでいるんじゃないかな。お父さんや涼子の動きに、とても隠しきれないと観念したんだろう。それで瀬田君は宮崎のホテルから、久米緋紗江のアパートへ電話をかけて来て、彼女を呼んだのに違いない。あの二人も、金を欲しさに人殺しをするような悪人じゃない。結局は、弱い人間なんだよ」

「だから、早く手を打たなければ、二人は死んでしまうわ」

「大丈夫だ。念のために、今日クジャク石鹸の本社へ行って、研究所長と会って来た。研究所長は、すぐ延岡の工場へ連絡して、瀬田君の動きを監視させるといっていたよ」

「そう……」

涼子は、盛上がった胸で大きく息をついた。瀬田と久米緋紗江は、あの霧島の高原のどこかで心中するつもりでいた——涼子の目の前に、霧に煙ったえびの高原の翳《かげ》った光景が浮び上がった。涼子が明日はどうしても東京へ帰るといいきった時の、瀬田の哀しげな表情も、彼の絶望感を物語っていたのではなかったか。

久米緋紗江もまた、瀬田の絶望の電話で呼出されて、二度とは帰らない旅行にたったののである。二人を静かに死なせてやりたいと思ったのは、涼子の感傷だろうか。

義久と涼子は、『雪橋』を出た。銀座界隈《かいわい》は、夜の盛りを迎えていた。誰もが、死や不幸には縁のないような顔でいる。ここにも、突然にやって来る明日を知らない人たちがあふれているのだった。

二人は、銀座四丁目の交差点へ出た。久米緋紗江は、京橋方向からこの交差点を渡ったのである。義久と涼子は、その一角に並んで立った。反対側に、婦人物専門店の円筒形のビルが見えた。夜のこの交差点は、昼間よりもはるかに華やかであった。交差点を横切って来る人の流れの中に、晴光の姿を見出すのではないかと、ふとそんな気持にもなる。

「人間の錯覚は、現実と五感の差に狂いが生じた場合に起るものだろう。つまり、視覚が見違い、聴覚が聞き違い、味覚、それに匂いだな。あとは肌で知る感触か……」

と、義久が言った。

「匂い……？」

涼子は小さく叫んだ。匂い——思い当ることが、あるではないか。

明日を祈る

それが、晴光の錯覚を呼んだものだとは断言出来ない。しかし、義久に聞かせてみるだけの価値はありそうだと、涼子は思った。匂いが錯覚の因だったとしたら、当然、この交差点を渡る途中で晴光の嗅覚が働いたということになる。

銀座四丁目の交差点で、嗅覚を刺戟するほどだから、それは異様な匂いだったのに違いない。この交差点に散っている匂いは、ガソリン臭、食物の匂い、それに女性がつけている香料ぐらいのものだろう。

そうした匂いに、都会人が特に敏感であるはずはなかった。かと言って、特殊な臭気が銀座四丁目の交差点に限って立ちこめていたとは考えられない。

とすれば、通行人が持ち運んでいた品物から、その異常臭気が放たれていたということになる。涼子の思いつきは、こうした設定にピッタリと当てはまるのである。

「わたし、匂いだと思うわ」

涼子は手で、顔にあてられるヘッド・ライトの光線をさえぎりながら言った。

「匂いが、晴光を錯覚させた……」

義久は、自分でも臭気に関して何か思い当ることはないか、考えているようだった。

「その匂いのするものを、この交差点を渡って行く久米緋紗江が持っていたんではないかしら？」

「久米緋紗江が？」

と、義久は娘を振返った。初めて義久は、涼子に具体的な思惑があることを気づいたようである。

「そうなのよ。久米緋紗江の荷物から、特殊な臭気が漂っていたんだわ。久米緋紗江を後ろから追って行ったお兄さんは、当然その匂いを嗅いでしまったのよ」

「一体、何の匂いだった？」

「アンモニア……」

「久米緋紗江は、アンモニアを持ち歩いていたというのかい？」

「そう言える根拠はあるわ。瀬田さんの、延岡工場へ出張の目的は、アンモニアに関する化学実験か何かの結果を調べに行くことだったと思うの。宮崎へ向う飛行機の中で、瀬田さん、そんなふうな書類を読んでいたもの。延岡工場の女事務員も、そうだとはっきり言っていたわ」

飛行機が羽田を離陸して、ベルトをはずすサインが出ると、瀬田は早速タイプ印刷の書類を広げたものである。涼子は目の隅でタイプの文字を拾ってみたが、確か書類の冒頭に

『アンモニア鹼化法』とあった。それに、由喜代の明確な言葉もあった。

「それで、瀬田さんは二月十二日、延岡工場に寄って実験過程にあるアンモニアを受取ってきたのよ。それを東京の研究所へ持ち帰って、更に実験を続ける予定だったんだと思うわ。ところが翌日になって、火傷の跡がひどくなったものだから、瀬田さんは急いで東京へ帰ることにしたでしょう。片手が使えないから、荷物とアンモニアの両方は持って帰れないわ」

「自分の荷物を九州へ残して行くわけにはいかないから、アンモニアの方を置いて行くことにした。うん」

義久は、自分でしゃべって自分でうなずいた。

「十五日には、久米緋紗江が東京へ帰って来るんだから、その時に運んでもらって、どこかに預けておくという手筈じゃなかったのかしら。瀬田さんは退院するまで、そのアンモニアを必要としなかったんでしょうからね」

「晴光も言ったな。この交差点で久米緋紗江を見かけた時、彼女は右手にバッグと小型のスーツ・ケースを提げていたって……」

「菊丁苑の女中の証言が、ここで役に立つのよ。久米緋紗江は二つの荷物を持っていた。一つは赤革の大きなスーツ・ケースで、もう一つの方はスーツ・ケースかボストン・バッグかははっきり憶《おぼ》えていないけど、とにかく黒っぽい荷物だったというの。赤革のスーツ・ケースは、彼女の持ちものだったのよ。間違いなく……」

「なぜ、そう言いきれるんだ?」

「二月十五日の朝、菊丁苑を出た際、久米緋紗江は赤革のスーツ・ケースだけを旅館に置いて行ったっていうんですもの」

「すると、もう一つの黒っぽい荷物の方は、持って出たんだね?」

「そうなんですって、久米緋紗江は、その荷物を大事そうに扱っていたって……」

「旅館の女中が、よくそんな荷物のことまで正確に記憶していたんだね」

「そこなのよ。女中さんが、はっきりと印象づけられるような荷物だったというわけなんだわ」

「特殊な荷物だったのか?」

「匂いがしたのよ」

「アンモニアの……?」

「そう。ツーンと鼻をつくような、アンモニアの匂いがしたっていうの。スーツ・ケースの中でガラスが割れているような音がしたっていうから、ビンが割れて中身の液体が流れ出ていたんじゃないかしら?」

「それで、特に臭かったというわけかい」

「しかも、十六日に菊丁苑へ戻って来た時、久米緋紗江はその荷物を手にしていなかったというの。東京まで運んで、どこかに置いて来た証拠だわ」

「どこに置いて来たんだ？　そんなに臭い荷物を……」

「あるいは、捨ててしまったのかも知れないわね。飛行機の手荷物として扱われているうちに、ほかのビンまで割れてしまって、東京についた頃はもう臭くてどうしようもなくなってしまった、とも考えられるわ。それで、瀬田さんに電話で連絡した時、捨てろと言われて、久米緋紗江はやっとその荷物から解放されたんじゃないかしら？」

「だが、この交差点で晴光とすれ違った際には、久米緋紗江はまだその荷物をさげていたというわけだな」

「そういう事情なのよ」

涼子は、宮崎新観光ホテルで菊丁苑の黒木サヨから聞いた話を、適当に凝縮《ぎょうしゅく》して義久に伝えたわけである。ここで涼子は、ホッと一息入れた。にわかに、交差点の騒音が耳につき始めた。

久米緋紗江がアンモニアの臭気を振りまきながら、この交差点を横ぎったことは九分通り確実である。アンモニアの刺戟的な匂いが、あとを追って行った晴光の鼻腔をついたということも、充分考えられる。

しかし、その臭気がどのように作用して、晴光の判断力を鈍らせたか、あるいは持続されるべき彼の神経を断ち切ったのか。そこまでの結論を出すことは簡単ではなかった。

錯覚を生んだ因は仮定出来ても、久米緋紗江を見失ったという結果に結びつける瞬間的な経緯が分らない。匂いが、どうして晴光の視覚を麻痺《まひ》させたのだろうか。

「晴光は、前を行く久米緋紗江から目を放さなかったと言っていた。ところが、見失ってしまったんだ。その時の感じを、晴光は目を放さなかった対象物が消えてなくなったと、表現している。つまり、晴光は目を久米緋紗江に向けていながら、大脳皮質でそれを知覚していなかったんだ。その間は、ほんの十秒ぐらいだったんだろう。ところがその十秒間に久米緋紗江は晴光の視界からそれてしまったんだよ」

義久は、短くなった煙草を捨てて、靴の爪先で丹念に揉《も》み消した。

「視界からそれるって、どこへ隠れたのかしら。久米緋紗江を見失ってすぐ、お兄さんは交差点を渡りきって、数寄屋橋の方向、新橋方面、それから地下鉄の階段まで見て回ったけど、後ろ姿さえ見当らなかったって言ってたわ。十秒間で、そんな遠くまで行ってしまうなんて、そんなことあり得ないじゃないの」

涼子は、重くなった旅行具を地面に置いた。

「遠くへ行ったとは言ってないさ。晴光は盲点をつかれて、久米緋紗江にうまく胡魔化されたんだと思うよ。これはお父さんの想像だけどね、久米緋紗江は、あそこへ逃げ込んだんじゃないかな」

「どこ？」

「ほら、交番が見えるだろう」

　義久の指さす方向へ、涼子は視線を投げた。交差点を向う側に渡りきったところの右側に、素通しの資材で作ってある変った交番が見えた。円筒形ビルの真下にあって、その交番もまたガラス製のオモチャのようだった。

「交番が、どうしたの？」

　と、涼子は父の顔と交番とを交互に見やった。

「久米緋紗江は交差点を渡りきって、咄嗟《とっさ》にあの交番の中へ入ってしまったんじゃないかと思うんだ。警官には、道でも尋ねれば怪しまれることはない。交番なんてものはね、そこにあるのが当然だと感じさせるから、いわば盲点になりやすいんだろう。晴光は交番などには目もくれずに、人が歩いて行くはずの道や階段ばかりを気にしていたんだ」

「でも、もしお兄さんが妙な錯覚をしていなかったら、交番へ飛込んだ久米緋紗江は完全に逃げ場を失ってしまうわけよ」

「追いかけられたら、走って逃げることもまさか出来ないだろう。交番へ飛込んで逃げ場を失っても、見つけられたからには同じことだという気だったのに違いないよ」

「その十秒間、お兄さんの視覚はなぜ死んでいたんだろう」

「目で確かに見ていたんだけど、視覚が何を捉《とら》えたか、はっきり分らないという時があるね」

「ぼんやり、考え込んでいたりした時でしょう」

「うん。視覚や聴覚、嗅覚などは、大脳皮質で初めて把握される……」

「そのくらいのことなら、高校で習いました。大脳皮質には、視覚領域や嗅覚領域と、それぞれの領域があるのよ。そこで知覚されるんだわ」

「ところがだ、視覚が捉えたものより嗅覚が捉えたものの方が、大脳皮質で強く知覚されれば、目を向けていても何も見えないのと同じだろう。晴光の場合が、こうだったわけだね」

「なぜ、アンモニアの臭気が目で見ている久米緋紗江よりも強く、お兄さんの大脳を刺戟したのかしらね」

「大脳における記憶作用が、このアンモニアの匂いと合致したのではないかな、アンモニアの匂いは強い。晴光はこの臭気を嗅いだとたんに、何かを思い出したんじゃないだろうか。そうなれば、晴光の嗅覚が記憶と結びつくから、視覚の方はお留守になる。この間、目は久米緋紗江を追っているが、何も見てないのと同じなんだ」

「じゃあ、アンモニアの匂いが、お兄さんに何を思い出させたか、ね」

「アンモニアの臭気を嗅いで、何かを連想したんだな」

「匂いから何かを連想するとしたら、それと同じ匂いを嗅いだ時のことだわ」

「涼子……」

義久が、不意に涼子の右腕をつかんだ。かなりの力である。涼子は骨を押されるような痛みを感じて、思わず顔をしかめた。

義久の眼差しは鋭かった。怒ったような表情である。涼子は、急に父が一回り大きくなったような気がした。

「晴光は、この交差点で久米緋紗江を見かけたその前日、強い衝撃を受けるような事件にぶつかっていたじゃないか」

「え……？」

涼子は、義久の言葉の意味をすぐには呑み込めなかった。何十年間のうちに蓄積されていた苦悩が、一度に表面に出たような義久の顔にばかり、涼子は気をとられていたのである。

「晩ご飯を食べている最中に、晴光から聞かされて、食欲がなくなるって、みんなが文句を言ったじゃないか」

「ああ、銀座七丁目にある『清六』という小料理屋の食中毒事件……」

その話なら、涼子もまだ忘れてはいない。『清六』で食事をした四人の客が食中毒の症状を訴えて来たという医師からの連絡で、晴光がこの小料理屋へ急行した時の話だった。『清六』の調理場を調べてみると、食品の鮮度、洗浄設備、給水と汚物処理、加熱冷却貯蔵の管理など、食品衛生法を守っている点が一つも見られなかったと、帰宅して来てからも晴光はひどく憤慨していた。

「晴光は、言ってたな。冷蔵庫の裏側に鼠が五、六匹、毒物を食べて死んだまま放ってあるのを見て、強烈なアンモニアの臭気に息を詰めながら慄然《りつぜん》となったって……」

「アンモニア……」

「化学的に違いはあっても、匂いは匂いだ。久米緋紗江を追って、この交差点を渡りながら晴光はアンモニアの臭気を嗅いだ。とたんに晴光は、前日の小料理屋の調理場を連想したんではないだろうか。十数秒間、晴光の意識は食品衛生監視員という自分の職業へ走っていたんだよ」

言い終って、義久は相変らずとぎれない交差点の人の流れへ視線を置いた。涼子も、黙